JOHN HENRY

STEEL-DRIVING MAN

by
C.J. Naden

illustrated by
Bert Dodson

Folk Tales of America

Troll Associates

PROLOGUE

This John Henry is a pretend person. But there might have been a real John Henry. Some say there was, and that he was born in Tennessee and that he died in 1870. They say there really was a race between a man and a machine, just like the story tells.

If there was a real John Henry, he probably wasn't eight feet tall. And he probably wasn't quite as strong as all the stories say.

But none of that really matters. What does matter is the spirit of John Henry, the spirit that says "I can do it, and I can do it well." John Henry is part of anyone who ever feels that way.

Library of Congress # 79-66317
ISBN 0-89375-304-1/0-89375-303-3 (pb)

John Henry was a steel-driving man. The
biggest, the best, the fastest, the strongest
steel-driving man anywhere. Ever.

Folks knew right away that John Henry was
something special. Right from the moment he
was born. That was way down South in cotton
country. There just had to be something special about a brand-new baby that weighed
thirty-three pounds. And talked.

People think John Henry was born with a hammer in his hand. But he wasn't. He was probably three weeks old before he picked up his daddy's five-pound hammer and started to swing it.

And people think that right after he was born, John Henry said to his mama, "I'm a steel-driving man, and I'll die with a hammer in my hand." But he didn't. What he said was, "I'm hungry."

You can bet that John Henry's mama and daddy were pretty surprised to see such a big baby. And they were even more surprised that he could talk.

"As long as you're talking, John Henry," said his mama, "why don't you tell us what you want for your first meal?"

"I'll be glad to, Mama," said young John Henry, "and I thank you kindly for asking."

John Henry was very polite from the start. That was one of the reasons that people sort of took to him. The other reason was that he had a nice face. He had large, dark eyes and a smiley mouth.

"Mama and Daddy," said John Henry, "for my first meal, I would be mighty pleased to have seven ham bones, three pots of giant cabbages in gravy, a large pile of turnip greens, and a kettle or two of black-eyed peas."

"Why, John Henry," cried his mama, "you're only ten minutes old! You can't eat that much food."

"I beg to differ, Mama," said John Henry, "but I'm a natural boy on the way to being a natural man. Eating is just a natural thing for me."

Now John Henry's mama and daddy didn't even eat that much food in a month. And they certainly didn't have that much food in their little cabin.

So John Henry's daddy decided that he'd better go ask the neighbors for some. But he didn't get very far. The neighbors were all standing right outside the front door. News of the very special baby had traveled fast. The neighbors were carrying ham bones and giant

cabbages and turnip greens and black-eyed peas.

When all the food was spread out on the table, young John Henry got right up and walked over to it. He took one look, smiled, and sat down to eat, with a large napkin tied around his neck.

It didn't take long for everyone to see that eating was a natural thing for John Henry, just like he said.

After that, John Henry grew. When he was two weeks old, he couldn't sit on his daddy's knee anymore. He was too heavy, and his feet touched the floor.

By the time he was four weeks old, he was swinging his daddy's hammer against rocks and stones outside the cabin. And *that's* when he said to his mama, "I'm a steel-driving man, and I'll die with a hammer in my hand."

John Henry's mama wasn't one bit happy to hear that kind of talk. So one day she took the hammer away. "I don't want you to be a steel-driving man," she said to John Henry, "and that's that. You'd better try something else."

John Henry tried lots of things. And he was good at everything he tried. But nothing felt just right. Nothing felt as good as that hammer in his hand.

Pretty soon John Henry had grown into a man. And he was big. Some say he was eight feet tall. Maybe so, maybe not. But he certainly was big.

Now that he was grown, John Henry knew it was time to do something serious with his life. Maybe I'll go to the fields and pick cotton, he thought. So one morning he marched on down to the cotton fields.

John Henry walked up to the overseer on the cotton plantation, and told him that he'd like to pick cotton.

The overseer looked at John Henry and frowned. "You're sure the biggest fellow I've ever seen," he said, "but do you know anything about picking cotton?"

14

"No, sir," said John Henry, "but I'm a natural man. Picking cotton is just a natural thing for me."

The overseer couldn't think of anything to say to that, and it was pretty clear that he thought John Henry was a bragging fool. But then he had an idea.

"My very best picker can pick one bale of clean cotton every day," he said. "Suppose we agree that you match that record, and I'll hire you."

"I beg to differ, Mr. Overseer," said John Henry. "I won't match that record—I'll beat it. I'll hang a cotton sack from each shoulder and tie another one around my waist. And I'll pick you three bales of clean cotton every day."

Well, now the overseer knew for sure that John Henry was a bragging fool. But he thought he'd just take him down a peg or two, so he agreed to let John Henry try.

Everyone on the plantation gathered around to watch John Henry try to pick three bales of cotton in one day. They were all laughing and smiling and smacking each other on the back because they knew it wasn't possible to pick that much cotton in one day. Every cotton picker knew that. Everybody but John Henry.

15

John Henry put one cotton sack over his left shoulder and one cotton sack over his right shoulder. Then he tied one cotton sack around his waist. Off he went into the fields.

As John Henry started to work, he started to sing. He sang songs about the boll weevil and about cotton pickers and about life down on the levee in New Orleans.

It didn't take very long for everybody to see that picking cotton was a natural thing for John Henry. Just like he said.

That day John Henry picked three bales of clean cotton. Exactly. And the overseer hired him on the spot.

John Henry became the best cotton picker in the whole South. But he wasn't happy. The cotton in his hand just didn't feel right. Not like that hammer. So he thought that maybe he'd look around for some other work to do. But just about that time, something unusual happened.

John Henry was in town one day on an errand for the overseer when it happened. Now John Henry was the biggest and the strongest man around anywhere. But all of a sudden, something made him feel weak. It happened when he was walking along the street and ran smack into Polly Ann.

John Henry couldn't believe his eyes. Polly Ann was about the prettiest girl he'd ever seen. She had great big, dark eyes and a yellow ribbon in her hair. And John Henry just went weak all over.

Polly Ann kind of took a liking to John Henry, too. Pretty soon they started seeing each other every Saturday night, and then on Sundays.

In the fall, Polly Ann and John Henry were married. And John Henry figured that, except for the sad feeling about the hammer every once in a while, he was the happiest man anywhere.

Now cotton pickers don't make a lot of money. So John Henry and Polly Ann decided to set out to make their fortune someplace else.

Before they left, John Henry said goodbye to his mama and daddy.

"I'm sad to see you go, son," said his mama, "but you're a grown man now and married, too. You've got to make your own life, whatever it is." And John Henry's mama was sad because she knew that somewhere, someday, there was a hammer waiting for John Henry.

John Henry knew it, too. But he just smiled and kissed his mama and daddy goodbye.

Polly Ann and John Henry traveled around the country looking for just the right place to settle down and just the right job for John Henry. He tried lots of things. For a while he picked tobacco, and, sure enough, he turned out to be a natural tobacco picker. For a while he loaded crates and barrels and bales onto ships. And he turned out to be a natural dock worker. And for a while he drove a team of mules for a big company. And he turned out to be a natural mule driver.

But every once in a while, John Henry would get that sad feeling again. Because nothing, not tobacco or barrels or mules, felt right in his hands. Not like that hammer.

Then one day, John Henry and Polly Ann were walking through the hills of West Virginia. They were thinking that they liked the looks of the country, that maybe this was a good place to settle down.

And then, from over the next mountain, they heard a sound. And to John Henry it was the most beautiful sound in the world. It was the sound of hammers ringing out loud over the hills. It was the sound of hammers hitting steel.

John Henry said to Polly Ann, "I've found it. I've found what I've got to do."

Polly Ann remembered what John Henry's mama had said, and she looked a little sad. But she knew, sure as John Henry knew, that this was what he was meant to do.

John Henry and Polly Ann walked over the mountain, and, sure enough, there were the

hammers ringing. Men were hammering and singing and building the Big Bend Tunnel for the Chesapeake and Ohio Railroad. It wasn't a real big railroad or a real big tunnel. But it was going to go right through the mountain. And to John Henry, it was beautiful.

To build this tunnel through the stone mountain, the men had to drive rods of steel into the rock with their hammers. Then they put explosives in the holes and blew the rock away. Driving steel was a hard job. One man held the steel rod. He was called a shaker. The other man stood back and whomped the steel with his ten-pound hammer.

John Henry walked right up to the boss. His name was Captain Tommy.

"Captain," said John Henry, "I am here to drive steel for you." He said it quiet but straight out, just like that.

Now John Henry was a very big man, bigger than the Captain had ever seen. "You're big, all right," said Captain Tommy, "but I bet you don't know anything about driving steel."

"I beg to differ, Captain," said John Henry, "I'm a natural man. Driving steel, more than anything else, is just a natural thing for me."

Captain Tommy thought right off that John Henry was a bragging fool. But it was time for the men to break for lunch anyway. So the Captain decided to let them have a few laughs watching John Henry try to drive steel.

"Hey, Will," he called to his best steel shaker. "Come on over here and hold the rods for this natural steel-driving man."

25

The steel men all took to laughing when they heard that.

Little Will came running over to hold the steel spikes. When he saw the size of John Henry, he blinked a couple of times.

"Pick up a hammer," said Captain Tommy to John Henry, "and let's see what kind of steel-driving, natural man you are." All the other steel-driving men laughed some more and pounded each other on the back when they heard that. They knew that it takes a long while to learn how to lift that heavy hammer and whomp that steel spike just right.

John Henry smiled and picked up the hammer. Then he put it down again. "It's too light," he said to Captain Tommy. "I can't drive steel with such a light hammer."

"I've really got a bragging fool on my hands," thought the Captain. But all he said was, "We've got a twenty-pound hammer here. You're such a natural man, maybe you can use that."

The other steel-driving men were really laughing and stomping now. This was the best fun they'd had in a long time. They knew that no one, no matter how big, could handle that twenty-pound hammer for long.

26

John Henry just smiled and picked up the hammer. Then he winked at Polly Ann to let her know how good things were. "This hammer feels better," he said. "Let's go, Will."

So Will held the spike, and John Henry swung the twenty-pound hammer. Whomp! Right smack on the steel spike. Right smack in the center. And the spike went halfway through the rock, clean as you please. Will couldn't believe his eyes, and neither could Captain Tommy. And the other steel-driving men stopped their laughing and stomping and back-smacking.

And every one of them could see that steel driving was a natural thing for John Henry. Just like he said.

John Henry drove steel with that twenty-pound hammer for the next hour without stopping. He almost wore out Little Will, and Little Will was the best shaker around. And pretty soon the Captain had to start pouring water on the spikes, because John Henry was hitting them so fast they were smoking.

Finally, the Captain called to John Henry, "Stop! I can see that you're not a bragging fool. You're just what you say you are, a natural steel-driving man. And you're hired."

John Henry was so happy that he picked up Polly Ann and spun her around. He didn't even feel tired after all that steel driving. Just a mite thirsty. That hammer had felt just right in his hand. At last.

So John Henry and Polly Ann moved into a little company house near the railroad camp. Polly Ann planted a garden and tended to things, and John Henry drove steel. But it is said that once in a while, when John Henry came down with a cold or something, Polly Ann would take his place. And it is said that Polly Ann drove steel like the best of them. Maybe not quite as fast or as sure as John Henry, but then, John Henry was the best and the surest and the fastest steel driver any-where. Ever.

What with Polly Ann and the little house and his work, John Henry believed that he was the world's happiest man. But then one day he got even happier. That was because one day John Henry and Polly Ann became the proud parents of a baby boy.

"I can tell," said John Henry to Polly Ann, "that this child is smart and beautiful like his mama. But I can also tell from the way he holds on to my finger that he is going to be a natural steel-driving man."

Polly Ann looked a little sad at that. But she didn't say a word.

Every working day, John Henry drove steel, with Little Will holding the spikes. John Henry's mighty hammer flew, and he sang as he hammered, all about a natural steel-driving man who died with a hammer in his hand.

Sometimes Little Will, who everyone knew was the best shaker around, had to beg John Henry to stop driving steel for a while, just so he could take a rest. John Henry never seemed to get tired, but he always stopped for his friend Little Will.

From miles around, people would come just to watch John Henry at work on that Big Bend Tunnel. It was truly a glorious show. His hammer sounded like thunder from the sky as it swung in a great circle over his head. Whoosh it went, and whomp it went, as it struck the steel rod square in the middle and drove it into the rock. Whoosh, whomp. Whoosh, whomp. Never once did John Henry miss a stroke. The sparks flew and John Henry sang. And it was truly a fine sight to see.

Some days Polly Ann would bring the baby and visit John Henry in the camp. On those days his hammer thundered like never before, and his songs grew louder, and his heart was full.

Then one day a city man in fancy clothes came into the railroad camp. He was carrying a strange-looking piece of metal.

"Captain Tommy," said the city man, "I have here a wonderful machine. It's called a steam drill. It can outdrill any five men in half the time."

Captain Tommy just laughed and shook his head. "City Man," he said, "I've got someone right here who can outdrill any ten men in one-quarter the time. I sure don't need your steam drill."

"Oh, I know what you mean, all right," said the city man. "I've heard all about John Henry. He's a steel-driving man, there's no doubt. But he can't beat my drill. And I'd like to lay down a little money that says so."

"Well, I know he can," said Captain Tommy, "and that's the end of it. I'm not a betting man."

Now John Henry at that time just happened to be taking a rest for Little Will's sake, and so he overheard the city man's talk. "Captain," he said, "I beg to differ, but I think we just ought to take this city man's bet. A natural steel-driving man can beat any machine there ever was, and I want to prove it."

The city man thought for sure that John Henry was a bragging fool. And he thought for sure that here was a good chance to sell his drill. "I say my machine can beat any man," he said.

"It can't beat a natural steel-driving man," said John Henry. "Why, before I'd let that

machine beat me, I'd die with a hammer in my hand." He said it quiet but straight out.

And so the race was planned. John Henry would get one-hundred dollars if he beat the machine, and Captain Tommy would get the machine free. If the machine won, the Captain had to buy it. Those were the terms of the bet.

On the morning of the great race, people gathered from miles around to see the natural man against the steam machine. Polly Ann was there with the baby, looking kind of sad and just a little worried. But John Henry winked at

her and smiled. Captain Tommy was looking a
little worried, too, and so was Little Will. But
John Henry just kept smiling.

"No machine can beat a steel-driving man,"
he said. "And that's what I am."

The city man turned on his steam drill and John Henry picked up his great hammer. A judge blew the whistle, and the race began. Soon the air was filled with the hiss and clatter of the steam drill and the whoosh and the whomp of John Henry's mighty hammer swinging out and striking the steel. And just like always, he sang as he worked—songs about a natural steel-driving man.

Hour after hour the race went on. The machine was hissing and clattering and John Henry was hammering and singing.

"How are you doing?" Little Will kept asking John Henry.

"I'm doing just fine," John Henry told him between songs. "Just keep holding those spikes. No machine is ever going to beat this steel-driving man."

After about five hours, both the machine and John Henry stopped for a few minutes. The city man had to replace a worn part in the machine, and John Henry felt as though he could use a drink of water.

"Are you doing all right?" Little Will asked.

This time John Henry just nodded. Then he asked, "Who's winning?"

"I think it's about even," Little Will told him.

"No machine can even tie a natural steel-driving man," John Henry said. "And now I'm going to prove it for sure."

When the whistle blew for the race to continue, John Henry picked up two twenty-pound hammers, one in each hand. The machine whirred and clattered, and John Henry's mighty hammers whooshed and whomped. It was a sight to remember.

Hour after hour. Whirr and clatter. Whoosh and whomp. The whole mountain was filled with the noise of steel driving. But there was no more singing from John Henry. Just the steady whoosh and whomp of his two mighty hammers.

It seemed as if the drilling would never end. But then the last whistle blew. The race was over.

The judges ran over to the drilling holes. After a few minutes, they declared, "John Henry has drilled the deepest and the biggest holes. John Henry has beaten the machine!"

Everybody clapped their hands and stomped around and laughed and carried on, thinking how wonderful it was that John Henry had beaten the steam drill. Everybody except the city man. He just left the drill where it was and walked away.

Polly Ann came running up with the baby to tell John Henry what a great steel-driving man he was. But when she got there, John Henry was lying on the ground. Little Will was beside him.

"What's the matter?" Polly Ann cried.

John Henry smiled. "I feel just a bit tuckered out," he said. "Just a bit. But I beat that machine, Polly Ann. Just like I said I would."

And Polly Ann smiled back at him. Then she put the baby on the ground beside John Henry. "You surely did beat that machine, John Henry. Just like you said you would."

John Henry reached for the baby with one hand and for his hammer with the other. Then he smiled and closed his eyes.

No one said anything for a long minute. Then Little Will looked at Polly Ann, and his eyes were full of tears. "He's gone," Little Will said. "He's gone, Polly Ann."

Polly Ann nodded. "He was the best," she said after a while, "the very best."

The doctor who examined John Henry said that his heart had burst.

The steam drill kind of took over in the railroad camps after that. But people still talk about John Henry. They probably always will.

Polly Ann buried John Henry on the hillside near the Big Bend Tunnel. He was buried just like he lived and died, with a hammer in his hand.

—Me pregunto si no te estarás metiendo en algo más gordo ~~de~~ lo que crees con esta investigación sobre Spencer.

No supe cuán proféticas eran esas palabras. Eran casi las d~~ie~~z y media cuando entré en mi apartamento. Eché un vistazo al co~~n~~testador automático, pero la luz no parpadeaba. Vivian Powe~~rs~~ no había llamado.

Telefoneé de nuevo, pero no contestó, de manera que de~~jé~~ otro mensaje.

A la mañana siguiente, el teléfono sonó justo cuando salía ~~a~~ trabajar. Era alguien del departamento de policía de Briarcli~~ff~~ Manor. Un vecino que paseaba al perro aquella mañana había o~~b~~servado que la puerta de la casa de Vivian Powers estaba entre~~a~~bierta. Tocó el timbre y, al no recibir respuesta, entró. La casa e~~s~~taba desierta. Una mesa y una lámpara estaban volcadas, y l~~as~~ luces encendidas. Llamó a la policía. Habían escuchado el conte~~s~~tador automático y encontrado mis mensajes. ¿Sabía dónde pod~~ía~~ estar Vivian Powers?

algo que había leído sobre la reina Isabel I: «La reina se baña una vez al mes, tanto si lo necesita como si no». No habría ordenado decapitar a tanta gente de haber podido relajarse con una ducha caliente al final del día, concluí.

De día prefiero trajes pantalón, pero de noche me inclino por una blusa de seda, pantalones y zapatos de tacón. Me siento satisfactoriamente más alta vestida así. La temperatura exterior había empezado a bajar cuando volví, pero en lugar de una chaqueta, cogí una bufanda de lana que mi madre me había comprado durante un viaje a Irlanda. Es de un tono arándano intenso, y me chifla.

Me miré en el espejo y decidí que tenía muy buen aspecto. Mi sonrisa se convirtió en un fruncimiento de ceño, cuando pensé que no me satisfacía el hecho de vestirme con tanto esmero para Casey, y que estaba muy contenta de que me hubiera llamado tan poco tiempo después de la última cita.

Me fui del apartamento con mucha antelación, pero no encontré ni un taxi. A veces pienso que todos los taxistas de Nueva York se envían señales para poner el cartel de «fuera de servicio» al mismo tiempo, cuando me ven parada en la calle.

Como resultado, llegué un cuarto de hora tarde. Mario, el propietario, me acompañó hasta la mesa donde Casey estaba sentado, y me retiró la silla. Casey estaba serio, y pensé, Santo Dios, qué poca gracia le ha hecho. Se levantó, me dio un beso en la mejilla y preguntó:

—¿Te encuentras bien?

Me di cuenta de que, debido a mi extrema puntualidad, estaba preocupado por mí, lo cual me complació en grado sumo. Un médico guapo, inteligente, triunfador, soltero y sin compromiso como el doctor Kevin Curtis Dillon estará muy solicitado por muchas mujeres sin compromiso de Nueva York, y me preocupa que mi papel sea el de amiga asequible. Es una situación agridulce. Llevaba un diario cuando iba al instituto. Hace seis meses, cuando me encontré con Casey en el teatro, lo rescaté. Me avergonzó leer el embeleso que me había causado ir al baile de fin de curso con él, pero todavía fue peor leer las entradas posteriores acerca de la cruel decepción producida por el hecho de que no me volviera a llamar.

Me recordé que debía tirar a la basura aquel diario.

—Estoy bien —dije—. Tan solo un caso grave de escasez de taxis.

No pareció tranquilizarse. Estaba claro que algo le preocupaba.

—¿Qué te pasa, Casey?

Esperó hasta que nos sirvieron el vino.

—Ha sido un día muy duro, Carley. La cirugía es limitada, y frustra mucho saber que, hagas lo que hagas, solo puedes ayudar un poco. He operado a un crío que chocó con un camión en su moto. Tiene suerte de que aún le queda un pie, pero sus movimientos serán limitados.

Los ojos de Casey estaban nublados de dolor. Pensé en Nicholas Spencer, que con tanta desesperación había deseado salvar las vidas de las víctimas del cáncer. ¿Habría sobrepasado los límites de la ética científica, intentando demostrar que podía hacerlo? No podía quitarme ese interrogante de la cabeza.

Guiada por un instinto, apoyé mi mano sobre la de Casey. Me miró, y dio la impresión de que se relajaba.

—Es fácil estar contigo, Carley —dijo—. Gracias por haber venido sin apenas concederte tiempo.

—Es un placer.

—Aunque te hayas retrasado.

El momento de intimidad había pasado.

—Escasez de taxis.

—¿Cómo va el artículo sobre Spencer?

Mientras tomábamos setas Portobello, ensalada de berros y linguine con salsa de almejas, le hablé de mis encuentros con Vivian Powers, Rosa y Manuel Gómez, y la doctora Clintworth en el pabellón de curas paliativas.

Frunció el ceño al conocer la insinuación de que Nicholas Spencer estaba experimentando con pacientes en el pabellón.

—Si es verdad, no solo es ilegal, sino inmoral —dijo con vehemencia—. Piensa en todos los fármacos que parecían milagrosos, y resultaron un desastre. La talidomida es un ejemplo clásico. Fue aprobado en Europa hace cuarenta años para eliminar las náuse[as] de las mujeres embarazadas. Por suerte, en aquella época, la doctora Frances Kelsey, de la FDA, insistió en prohibirla. Hoy, sobre todo en Alemania, hay gente de cuarenta años con horrendas deformidades genéticas, como aletas en lugar de brazos, porque sus madres pensaron que el fármaco era inofensivo.

—Pero ¿no he leído que la talidomida ha demostrado ser útil en el tratamiento de otros problemas? —pregunté.

—Eso es absolutamente cierto, pero no se receta a mujeres embarazadas. Los fármacos nuevos han de probarse durante un período dilatado de tiempo antes de empezar a recetarlos, Carley.

—Casey, supón que has de elegir entre morir dentro de unos meses o seguir vivo, corriendo el riesgo de que se produzcan terribles efectos colaterales. ¿Qué harías?

—Por suerte, no he tenido que enfrentarme a ese dilema, Carley. Sé que, como médico, no quebrantaré mi juramento y convertiré a alguien en un conejillo de Indias.

Pero Nicholas Spencer no era médico, pensé. Su mentalidad era diferente, y en el pabellón de curas paliativas trataba con enfermos terminales, que no tenían más alternativa que ser conejillos de Indias o morir.

Mientras tomábamos los cafés, Casey me invitó a acompañarle a una fiesta en Greenwich, el domingo por la tarde.

—Te gustarán esas personas —dijo—. Y tú a ellas.

Acepté, por supuesto. Cuando salimos del restaurante, le pedí que me buscara un taxi, pero insistió en acompañarme. Le ofrecí prepararle la copa que ambos habíamos rechazado en el restaurante, pero hizo que el taxista le esperara mientras me acompañaba hasta la puerta de mi apartamento.

—Se me acaba de ocurrir que deberías vivir en un edificio con portero —dijo—. Esto de entrar con una llave ya no es seguro. Alguien podría colarse detrás de ti.

Me quedé estupefacta.

—¿Por qué has pensado eso?

Me miró muy serio. Casey mide un metro ochenta y cinco. Aunque llevo tacones, me saca una buena cabeza.

25

Ken y Don escucharon con sombría concentración cuando les hablé de mis encuentros en Westchester y la llamada que había recibido aquella mañana de la policía de Briarcliff Manor.

—¿Una reacción defensiva, Carley? —preguntó Ken—. ¿Se trata de una elaborada representación para convencer a todo el mundo de que algo más estaba sucediendo? Los caseros te dicen que saltaba a la vista que Nick Spencer y Vivian Powers eran tortolitos. ¿Es posible que te estuvieras acercando demasiado a la verdad? ¿Crees que ella estaba planeando ir a Boston una temporada, vivir con papá y mamá, y luego empezar una vida nueva en Australia, Tombuctú o Mónaco, en cuanto la noticia dejara de ser actualidad?

—Es muy posible —dije—. De hecho, si así es, debo deciros que dejar la puerta abierta y volcar una mesa y una silla me parece excesivo.

Dicho eso, vacilé.

—¿Qué pasa? —preguntó Ken.

—Ahora que lo pienso, me parece que estaba asustada. Cuando Vivian me abrió la puerta, dejó puesta la cadena de seguridad un par de minutos, antes de dejarme entrar.

—¿Llegaste allí a eso de las once y media? —preguntó Ken.

—Sí.

—¿Dio alguna indicación de por qué estaba asustada?

—Directamente no, pero dijo que el acelerador del coche de Spencer se atascó solo una semana antes de que su avión se estrellara. Había empezado a creer que en ninguno de ambos casos se trataba de un accidente.

Me levanté.

—Me voy a acercar hasta allí —dije—. Y después, volveré a Caspien. A menos que todo sea una charada, el hecho de que Vivian Powers me llamara para decir que creía conocer la identidad del hombre del pelo castaño rojizo significa que se había convertido en una amenaza para alguien.

Ken asintió.

—Adelante. Por mi parte, tengo algunos contactos. No hay mucha gente que ingresara en el pabellón de curas paliativas de St. Ann para morir y saliera por su propio pie. No tendría que ser muy difícil identificar a ese individuo.

Yo todavía era nueva en la oficina. Ken era el responsable del reportaje. Aun así, me vi forzada a decir:

—Ken, cuando le encuentres, me gustaría acompañarte en la entrevista.

Ken reflexionó un momento, y luego asintió.

—Me parece justo.

Sé orientarme bastante bien. Esta vez, no necesité el mapa de carreteras para llegar a casa de Vivian. Había un solitario policía apostado ante la puerta, y me miró con suspicacia. Le expliqué que había visto a Vivian Powers el día anterior y que había recibido una llamada telefónica de ella.

—Voy a comprobarlo —dijo. Entró en la casa y salió enseguida—. El detective Shapiro dice que puede entrar.

El detective Shapiro resultó ser un hombre de aspecto erudito y voz agradable, calva incipiente y ojos color avellana. Se apresuró a explicar que la investigación acababa de empezar. Se habían puesto en contacto con los padres de Vivian Powers, y a la vista de las circunstancias les habían dado permiso para entrar en su casa. El hecho de que la puerta principal estuviera abierta, la lámpara y la silla volcadas, y el coche todavía en el camino de entrada, les había parecido preocupante.

—¿Estuvo ayer aquí, señorita DeCarlo? —quiso confirmar Shapiro.

—Sí.

—Me doy cuenta de que, con la casa desmontada y las cajas de mudanzas, es difícil asegurarlo, pero ¿nota alguna diferencia de cuando estuvo ayer?

Estábamos en la sala de estar. Paseé la vista a mi alrededor, y recordé que había visto el mismo lío de cajas y mesas desnudas. Pero entonces, caí en la cuenta de que había algo diferente. Una caja sobre la mesita auxiliar que no estaba el día anterior.

La señalé.

—Esa caja —dije—. Puede que ella la fuera a llenar o la inspeccionara después de marcharme, pero no estaba aquí.

El detective Shapiro se acercó y cogió el expediente que había encima.

—Trabajaba para Gen-stone, ¿verdad? —preguntó.

Me descubrí proporcionándole tan solo la información de la que estaba segura, y callando mis sospechas. Imaginé la expresión del detective si le decía «Puede que Vivian Powers haya preparado su desaparición porque va a encontrarse con Nicholas Spencer, cuyo avión se estrelló y al que se da por muerto». O tal vez le resultaría más lógico oír: «Empiezo a preguntarme si Nicholas Spencer fue víctima de una trampa, si un médico de Caspien fue atropellado por alguien que se dio a la fuga a causa de las notas de laboratorio que guardaba, y si Vivian Powers desapareció porque podía identificar al hombre que se apoderó de dichas notas».

En cambio, me limité a decir que había entrevistado a Vivian Powers porque yo estaba colaborando en un reportaje sobre su jefe, Nicholas Spencer.

—¿La llamó después de que usted se marchara, señorita De-Carlo?

Supuse que el detective Shapiro era consciente de que no le estaba contando toda la historia.

—Sí. Había hablado con Vivian de que cierta documentación sobre experimentos de laboratorio pertenecientes a Nicholas Spencer habían desaparecido. Por lo que ella sabía, el hombre que los recogió, diciendo que Spencer le había enviado, no estaba autorizado a hacerlo. A juzgar por el breve mensaje que dejó en mi contestador automático, tuve la impresión de que tal vez podría identificar a esa persona.

El detective aún sostenía el expediente de Gen-stone, pero estaba vacío.

—¿Es posible que estableciera esa relación mientras examinaba este expediente?

—No lo sé, pero es posible.

—Ahora el expediente está vacío, y ella ha desaparecido. ¿Qué le sugiere eso, señorita DeCarlo?

—Creo que existe la posibilidad de que haya sido víctima de un engaño.

Me dirigió una mirada penetrante.

—Cuando venía desde la ciudad, ¿tenía encendida la radio del coche, señorita DeCarlo?

—No —contesté. No quería decir al detective Shapiro que, cuando estoy trabajando en un reportaje de este calibre, necesito el silencio del coche para pensar y sopesar las diferentes posibilidades que se presentan ante mí.

—Entonces, ¿no se ha enterado del rumor de que vieron a Nick Spencer en Zurich, propagado por un hombre que le había visto en varias asambleas de inversores?

Tardé un largo momento en digerir la pregunta.

—¿Está diciendo que considera creíble al hombre que afirma haberle visto?

—No, solo que se nos presenta una nueva perspectiva del caso. Comprobarán la historia con lupa, por supuesto.

—Si la historia es cierta, yo no me preocuparía mucho por Vivian Powers —dije—. En tal caso, supongo que ha ido a encontrarse con él, si es que no están juntos ya.

—¿Están liados? —preguntó al instante Shapiro.

—El ama de llaves de Nicholas Spencer lo creía. Eso podría significar que los presuntos documentos desaparecidos no son más que otra pieza de un complicado embuste. ¿No estaba la puerta abierta? —pregunté.

El hombre asintió.

—Tal vez la dejaron así para atraer la atención sobre su ausencia —dijo—. Seré sincero, señorita DeCarlo. Hay algo que no cuadra en todo esto, y creo que usted me lo acaba de decir. Apuesto a que esa mujer va a encontrarse con Spencer, esté donde esté.

Milly me recibió como a una vieja amiga cuando llegué al restaurante, justo a tiempo para una comida tardía.

—He estado contando a todo el mundo que está escribiendo un artículo sobre Nick Spencer —dijo, radiante—. ¿Qué le ha parecido la noticia hoy, que está viviendo en Suiza? Hace dos días, aquellos críos pescaron la camisa que en teoría llevaba, y todo el mundo pensó que había muerto. Mañana, será otra cosa. Siempre dije que alguien tan inteligente como para robar tanto dinero imaginaría una forma de vivir el tiempo suficiente para gastarlo.

—Puede que tenga razón, Milly —dije—. ¿Cómo está hoy la ensalada de pollo?

—Increíble.

Eso sí que es una recomendación, pensé, mientras pedía la ensalada y café. Como el horario de la comida se estaba acercando a su fin, el restaurante estaba lleno. Oí que mencionaban el nombre de Nicholas Spencer en varias mesas. Pero no lo que decían de él.

Cuando Milly volvió con la ensalada, pregunté si sabía algo sobre el estado del doctor Broderick.

—Ha mejorado un pooooco —dijo, arrastrando la última palabra—. O sea, continúa muy grave, pero he oído que intentó hablar con su mujer. Estupendo, ¿verdad?

—Sí, estupendo. Me alegro mucho.

Mientras tomaba la ensalada, muy abundante en apio pero no en pollo, mi mente dio un salto adelante. Si el doctor Broderick se recuperaba, ¿podría identificar a la persona que le había atropellado, o no le quedaría ningún recuerdo del accidente?

Mientras tomaba una segunda taza de café, el restaurante se fue vaciando con rapidez. Esperé hasta que vi a Milly terminar de despejar las demás mesas, y luego le indiqué por señas que se acercara. Había traído la foto tomada la noche en que Nick Spencer fue homenajeado, y se la enseñé.

—¿Conoce a estas personas, Milly?

Se ajustó las gafas y estudió al grupo congregado en el estrado.

—Claro. —Se puso a señalar—. Esta es Delia Gordon y su marido, Ralph. Ella es agradable. Él, un poco estirado. Esa es Jackie Schlosser. Es muy agradable. Ese es el reverendo Howell, el ministro presbiteriano. Ese es el estafador, por supuesto. Espero que le pillen. Ese es el presidente de la junta del hospital. Está acabado, pues fue él quien convenció a la junta de que invirtiera tanto en Gen-stone. Por lo que he oído, lo echarán en las próximas elecciones a la junta, si no antes. Mucha gente cree que debería dimitir. Apuesto a que lo hará si se demuestra que Nick Spencer está vivo. Por otra parte, si le detienen, puede que averigüen dónde escondió el dinero. Esa es Dora Whitman y su marido, Nils. Sus familias son de rancio abolengo. Pasta gansa. Servidumbre interna y toda la pesca, quiero decir. A todo el mundo le gusta el hecho de que nunca han renunciado a vivir en Caspien, pero me han dicho que tienen una casa de campo fabulosa en Martha's Vineyard. Ah, y la de la punta derecha es Kay Fess. Es la jefa de los voluntarios del hospital.

Tomé notas, mientras intentaba seguir los veloces comentarios de Milly.

—Milly —dije cuando terminó—, quiero hablar con algunas de estas personas, pero el reverendo Howell es el único con el que he podido ponerme en contacto, hasta el momento. Los demás, o no constan en el listín, o no me han devuelto las llamadas. ¿Alguna idea?

—No diga que he sido yo, pero es probable que Kay Fess esté en la recepción del hospital ahora. Aunque no la haya llamado, es muy simpática.

—Milly, es usted un amor —dije. Terminé mi café, pagué la cuenta, dejé una generosa propina y, tras consultar mi mapa, recorrí las cuatro manzanas que distaba el hospital.

Supongo que esperaba encontrar un hospital de pueblo, pero el hospital de Caspien era una institución en expansión, con varios edificios adyacentes más pequeños, y una nueva zona acordonada y señalada con un letrero que rezaba EMPLAZAMIENTO DEL FUTURO CENTRO PEDIÁTRICO.

Estaba segura de que la construcción había sido aplazada, gracias a la inversión del hospital en Gen-stone.

Aparqué y entré en el vestíbulo. Había dos mujeres en el mostrador de recepción, pero adiviné al instante quién era Kay Fess. Muy bronceada aunque solo estábamos en abril, de cabello corto gris, ojos castaño oscuro, gafas de abuelita, boca de forma exquisita y labios finos, transmitía un aire de autoridad. Dudé de que alguien lograra colarse sin un pase de visitante si ella estaba vigilando. Era la que se hallaba más cerca de la entrada, delimitada con un cordón, a los acensores, lo cual sugería que estaba al mando de las dos.

Había cuatro o cinco personas esperando su pase cuando yo entré en el vestíbulo. Aguardé a que su ayudante y ella se encargaran de los visitantes, y después me acerqué a hablar con la mujer.

—¿Señorita Fess? —dije.

Se puso al instante en guardia, como si sospechara que iba a pedirle permiso para que diez críos visitaran a un paciente.

—Señorita Fess, soy Carley DeCarlo, del *Wall Street Weekly*. Me gustaría mucho hablar con usted acerca de la cena celebrada en honor de Nicholas Spencer hace unos meses. Tengo entendido que usted estaba en el estrado, muy cerca de él.

—Usted me telefoneó el otro día.

—Sí, en efecto.

La otra mujer de la recepción nos estaba mirando con curiosidad, pero tuvo que dedicar su atención a más recién llegados.

—Señorita DeCarlo, puesto que no le devolví la llamada, ¿no le sugiere eso que no tenía la menor intención de hablar con usted?

Su tono era agradable, pero firme.

—Señorita Fess, tengo entendido que dedica gran parte de su tiempo al hospital. También sé que el hospital ha tenido que aplazar la construcción del centro pediátrico debido a la inversión en Gen-stone. El motivo de que quiera hablar con usted es que creo que la verdadera historia de la desaparición de Nicholas Spencer no ha salido a la luz, y si lo hace, será posible seguir el rastro del dinero.

Vi vacilación y duda en su expresión.

—Nicholas Spencer ha sido visto en Suiza —dijo—. Me pregunto si se habrá comprado un chalet con el dinero que habría salvado la vida de futuras generaciones de niños.

—Lo que parecía ser la prueba definitiva de su muerte apareció en titulares hace solo dos días —le recordé—. La verdad es que aún no conocemos toda la historia. ¿No podríamos hablar unos minutos, por favor?

La media tarde no era un período de tiempo en que acudieran muchos visitantes. La señorita Fess se volvió hacia su compañera.

—Vuelvo enseguida, Margie.

Nos sentamos en un rincón del vestíbulo. Estaba claro que quería ir al grano y abreviar al máximo nuestra conversación. No iba a hablarle de mi sospecha de que lo ocurrido al doctor Broderick tal vez no fuera un accidente. Lo que sí le revelé fue mi sospecha de que Nicholas Spencer se había enterado de algo en aquella cena, que le impulsó a ir corriendo por la mañana a recoger las viejas notas de su padre. Después, decidí dar un paso más.

—Señorita Fess, Spencer se quedó muy preocupado cuando descubrió que alguien se había llevado aquella documentación diciendo que venía de su parte. Creo que si puedo descubrir quién le transmitió información perturbadora durante la cena, así como a quién visitó después de salir de la consulta del doctor Broderick al día siguiente, nos haríamos una idea de lo que le sucedió en realidad y del paradero del dinero. ¿Habló con Spencer un rato?

Compuso una expresión pensativa. Tuve la sensación de que Kay Fess era una de esas personas que no pasaba por alto nada.

—La gente del estrado se reunió media hora antes en una recepción privada para tomar fotos. Se sirvieron cócteles. Nicholas Spencer fue el centro de atención, por supuesto.

—¿Cómo juzgaría su comportamiento al principio de la velada? ¿Parecía relajado?

—Estuvo cordial, agradable, lo que se espera de alguien a quien se rinde homenaje. Había entregado al presidente su cheque personal por cien mil dólares para el fondo reservado a la construcción, pero no quería anunciarlo durante la cena. Dijo que, cuando la vacuna se aprobara, haría un donativo diez veces más grande.

Apretó la boca.

—Era un estafador muy convincente.

—Pero ¿se fijó en si habló con alguien en particular durante la velada?

—No, pero puedo decirle que, antes de que se sirviera el postre, estuvo conversando con Dora Whitman durante diez minutos, como mínimo, y parecía muy absorto en lo que ella decía.

—¿Tiene idea de qué estuvieron hablando?

—Yo estaba sentada a la derecha del reverendo Howell y él se había levantado para saludar a unos amigos. Dora estaba a la izquierda del reverendo Howell, de modo que la oí muy bien. Estaba citando a alguien que había alabado al doctor Spencer, el padre de Nicholas. Dijo a Nicholas que dicha mujer afirmaba que el doctor Spencer había curado a su hija de un defecto de nacimiento que habría destruido su vida.

Me di cuenta al instante de que esa era la relación que había intentado encontrar. También reparé en que no había podido ponerme en contacto con los Whitman porque su número no constaba en el listín telefónico.

—Señorita Fess, si tiene el número de teléfono de la señora Whitman, le ruego que la llame y le pregunte si podría hablar con ella lo antes posible, incluso ahora mismo si está libre.

Vi que una expresión de duda asomaba a sus ojos, al tiempo que meneaba la cabeza. No le di la oportunidad de rechazarme.

—Soy reportera, señorita Fess. Averiguaré dónde vive la señora Whitman, y conseguiré hablar con ella sea como sea. Pero cuanto antes descubra lo que dijo a Nicholas Spencer aquella noche, más posibilidades tendremos de descubrir la causa de su desaparición y el paradero del dinero desaparecido.

Me miró, y me di cuenta de que no la había ablandado, antes bien, le había recordado que era reportera. Aún no quería presentar al doctor Broderick como una posible víctima, pero jugué otra carta.

—Señorita Fess, ayer me entrevisté con Vivian Powers, la secretaria personal de Nicholas Spencer. Me dijo que había pasado algo en la cena celebrada en su honor, algo que le preocupó o perturbó sobremanera. A última hora de ayer, horas después de que habláramos, esa joven desapareció, y sospecho que pudo ser víctima de una conspiración. Algo está pasando, no hay vuelta de hoja. Alguien está desesperado por evitar que información acerca de esa documentación desaparecida llegue a las autoridades. Haga el favor de ponerme en contacto con Dora Whitman.

Se levantó.

—Espere aquí mientras llamo a Dora, por favor.

Fue al mostrador, y vi que descolgaba el teléfono y marcaba un número. No quería que yo lo viera. Empezó a hablar, y yo contuve el aliento cuando vi que anotaba algo en una hoja de papel. Estaba entrando más gente en el vestíbulo, en dirección al mostrador de recepción. Me indicó por señas que me acercara, y yo me apresuré a obedecerla.

—La señora Whitman está en casa, pero se marcha a la ciudad dentro de una hora. Le dije que usted iría directamente, y la está esperando. He anotado su dirección y el número de teléfono, además de un plano de la zona.

Empecé a dar las gracias a la señorita Fess, pero ella ya no me miraba.

—Buenas tardes, señora Broderick —dijo en tono solícito—. ¿Cómo se encuentra hoy el doctor? Espero que siga mejorando.

27

Ahora que Annie estaba muerta, nadie iba a verle. Por lo tanto, el martes por la mañana, cuando sonó el timbre de la puerta, Ned decidió no hacer caso. Sabía que solo podía ser la señora Morgan. ¿Qué querría?, se preguntó. No tenía derecho a molestarle.

El timbre sonó de nuevo, y otra vez, solo que en esta ocasión con insistencia. Oyó pasos pesados que bajaban por la escalera. Eso significaba que no era la señora Morgan quien tocaba el timbre. Después, oyó su voz y la voz de un hombre. Ahora tendría que ir a ver quién era. De lo contrario, tal vez utilizaría su llave para entrar.

Recordó ocultar la mano derecha en el bolsillo. Incluso con las pomadas que había comprado en la farmacia, la mano no mejoraba. Abrió la puerta lo justo para ver quién estaba tocando el timbre.

Había dos hombres en el rellano. Sostenían en alto tarjetas de identificación para que pudiera verlas. Eran detectives. No tengo de qué preocuparme, se dijo Ned. El marido de Nelly habría denunciado su desaparición, o quizá ya habían encontrado el cadáver. Doc Brown habría contado a la policía que él fue uno de los últimos clientes de anoche. Según sus tarjetas, el tipo alto era el detective Pierce. El negro era el detective Carson.

Carson preguntó si podían hablar con él unos minutos. Ned sabía que no podía negarse. Les parecería raro. Reparó en que los dos estaban mirando su mano derecha, porque la tenía en el bolsillo. Tendría que sacarla. Quizá pensaran que escondía un arma o algo por el estilo. La gasa con la que había envuelto la mano impediría que vieran la gravedad de la quemadura. La sacó poco a poco del bolsillo, y procuró disimular el dolor cuando rozó el forro.

—Claro, hablaré con ustedes —musitó.

El detective Pierce agradeció a la señora Morgan que hubiera bajado. Ned se dio cuenta de que se moría de ganas por averiguar qué estaba pasando, y antes de cerrar la puerta, vio que intentaba echar un vistazo al interior del apartamento. Sabía lo que estaba pensando: el piso estaba hecho un desastre. La mujer sabía que Annie siempre le perseguía para que recogiera papeles, llevara los platos a la cocina, los pusiera en el lavavajillas y tirara su ropa sucia en el cubo. A Annie le gustaba todo limpio y pulcro. Ahora que había muerto, ya no se molestaba en limpiar. Tampoco comía mucho, pero cuando lo hacía, se limitaba a tirar los platos en el fregadero y mojarlos con agua si necesitaba un plato o una taza.

Adivinó que los detectives estaban examinando la habitación, observaban la almohada y la manta en el sofá, las pilas de periódicos en el suelo, la caja y el cuenco de cereales sobre la mesa, al lado de las pomadas, las gasas y la cinta adhesiva. La ropa que había llevado los últimos días estaba amontonada sobre una silla.

—¿Le importa que nos sentemos? —preguntó Pierce.

—No, en absoluto.

Ned apartó a un lado la manta y se sentó en el sofá.

Había una silla a cada lado del televisor. Los detectives se sentaron y las acercaron al sofá. Estaban demasiado cerca de él para sentirse cómodo. Intentaban que se sintiera acorralado. Cuidado con lo que dices, se advirtió.

—Señor Cooper, anoche estuvo en la farmacia de Brown poco antes de que cerrara, ¿verdad? —preguntó Carson.

Ned intuyó que Carson era el jefe. Ambos estaban mirando su mano. Habla de ella, se dijo. Haz que sientan pena por ti.

—Sí. Mi mujer murió el mes pasado. Yo nunca cocinaba. Me quemé la mano con los fogones hace un par de semanas, y aún me duele mucho. Fui a la farmacia de Brown anoche para comprar pomadas.

Ellos habían esperado que les preguntara el motivo de su presencia. Miró a Carson.

—¿Qué pasa?

—¿Conocía a la señora Rice, la cajera del señor Brown?

—¿Peg? Claro. Hace veinte años que trabaja en la farmacia. Es una mujer muy amable. Muy colaboradora.

Querían tenderle una trampa. No le habían dicho nada sobre Peg. ¿Creían que había desaparecido, o habían encontrado su cadáver?

—Según el señor Brown, usted fue la penúltima persona que la señora Rice atendió anoche. ¿Es eso cierto?

—Supongo que sí. Recuerdo que había alguien detrás de mí cuando pagué. No sé si entró alguien más después de que yo me fuera. Subí al coche y vine a casa.

—¿Se fijó en si alguien merodeaba ante la puerta cuando salió de la farmacia?

—No. Como ya he dicho, subí al coche y vine a casa.

—¿Sabe quién estaba detrás de usted en la cola de la farmacia?

—No, no le presté atención, pero Peg le conocía. Le llamó... Déjeme pensar. Le llamó «Garret».

Ned vio que los detectives intercambiaban una mirada. Eso era lo que habían venido a descubrir. Brown no sabía quién había sido el último cliente. De momento, se concentrarían en encontrar a ese tipo.

Se levantaron para irse.

—No le molestaremos más, señor Cooper —dijo Carson—. Nos ha sido de mucha ayuda.

—Esa mano parece hinchada —comentó Pierce—. Espero que haya ido al médico.

—Sí, sí. Ya va mejorando.

Le miraban de una manera rara. Lo sabía. Pero solo cuando cerró la puerta con doble llave, se dio cuenta de que no le habían hablado de lo sucedido a Peg. Se habrían dado cuenta de que les había dejado marchar sin preguntarlo.

Irían a ver a Brown para preguntarle sobre Garret. Ned esperó diez minutos, y luego telefoneó a la farmacia. Brown contestó.

—Doc, soy Ned Cooper. Estoy preocupado por Peg. Vinieron dos detectives para hacer preguntas sobre ella, pero no me dijeron qué pasaba. ¿Le ha sucedido algo?

—Espera un momento, Ned.

Adivinó que Doc tapaba el teléfono con una mano para hablar con alguien. Entonces, el detective Carson se puso.

—Señor Cooper, siento decirle que la señora Rice ha sido víctima de un homicidio.

Ned estaba seguro de que, ahora, la voz de Carson era más cordial. Tenía razón: habían reparado en que no había preguntado qué le había pasado a Peg. Dijo a Carson que lo lamentaba y le pidió que comunicara su pésame a Doc Brown, y Carson dijo que, si se le ocurría algo, aunque no le pareciera importante, les llamara.

—Lo haré —prometió Ned al detective.

Cuando colgó, se acercó a la ventana. Volverían, estaba seguro. Pero de momento estaba a salvo. Lo que debía hacer era esconder el rifle. No podía dejarlo en el coche o detrás de la chatarra, en el garaje. ¿Dónde lo escondería? Necesitaba pensar en un lugar donde a nadie se le ocurriera mirar.

Miró la pequeña extensión de hierba que había ante la casa. Estaba sucia y enlodada, y le recordó la tumba de Annie. Estaba enterrada en la parcela de su madre, en el viejo cementerio del pueblo. Casi nadie utilizaba ya ese cementerio. No estaba bien conservado, y todas las tumbas parecían descuidadas. Cuando pasó por allí la semana pasada, la tumba de Annie era tan nueva que la tierra aún no se había aposentado. Estaba blanda y enlodada, y daba la impresión de que hubieran arrojado a Annie bajo una pila de tierra.

Una pila de tierra... Era como si le hubieran dado una respuesta. Envolvería el rifle y las balas en plástico y una manta vieja, y los enterraría en la tumba de Annie hasta que llegara el momento de volver a utilizarlos. Después, cuando todo hubiera terminado, regresaría, se acostaría en la tumba y acabaría con su existencia.

—Annie —llamó, como la llamaba cuando ella estaba en la cocina—, Annie, pronto me reuniré contigo, te lo prometo.

28

Ken y Don ya se habían marchado del despacho cuando regresé de Caspien, de modo que me fui directa a casa. Dejé mensajes para ambos, y me llamaron por la noche. Acordamos celebrar una reunión especial a las ocho de la mañana siguiente, para hablar con la cabeza despejada.

Trabajé en mi columna y recordé una vez más la lucha diaria del noventa y nueve por ciento del mundo para alcanzar un equilibrio entre sus ingresos y sus gastos. Repasé la nueva hornada de correo electrónico, con la esperanza de recibir más noticias del sujeto que había afirmado ver salir a alguien de la mansión de Lynn en Bedford antes del incendio, pero no había nada de él. O de ella, añadí mentalmente.

Terminé la columna, y a las once menos veinte me lavé la cara, me puse el camisón y la bata, pedí por teléfono una pizza pequeña y me serví una copa de vino. No habría podido elegir un momento mejor. El restaurante está a la vuelta de la esquina, en la Tercera Avenida, y la pizza llegó justo cuando empezaba el telediario de las once.

La noticia principal giraba en torno a Nick Spencer. La prensa había relacionado la información sobre su posible presencia en Suiza con la desaparición de Vivian Powers. Aparecieron sus fotos, una al lado de la otra, y el enfoque de la noticia era «un nuevo y peculiar giro en el caso Spencer». El meollo de la información era que la policía de Briarcliff Manor dudaba de que Vivian Powers hubiera sido raptada.

Decidí que era demasiado tarde para llamar a Lynn, pero razoné que, al menos, la historia fortalecía su afirmación de que no era cómplice de las maquinaciones de su marido. Pero si alguien había salido de la mansión pocos minutos antes del incendio, eso insinuaba la clara posibilidad de que ella tenía sus propios planes, decidí.

Me fui a la cama con emociones encontradas, y tardé mucho rato en dormirme. Si Vivian Powers planeaba reunirse con Nick Spencer pocas horas después de que yo la viera, solo puedo decir que era una actriz fabulosa. Me alegré de no haber borrado su mensaje telefónico. Tenía la intención de conservarlo, así como de volver a Gen-stone y hablar con algunas de las mujeres que contestaban el correo.

A la mañana siguiente, a las ocho, Don y yo estábamos en el despacho de Ken, provistos de tazones llenos de café. Me miraron expectantes.

—¿Por orden cronológico? —sugerí.

Ken asintió.

Les conté lo de la casa de Vivian Powers, que la puerta abierta y la mesa y la lámpara volcadas olían a montaje.

—Una vez dicho esto —añadí—, sonó muy convincente cuando me telefoneó para decir que creía saber quién se había llevado las notas del doctor Spencer.

Les miré.

—Y ahora, me parece saber por qué las cogieron y su posible contenido —dije—. Las piezas encajaron ayer. —Deposité sobre él escritorio la foto tomada en el estrado durante la cena de gala y señalé a Dora Whitman—. Fui a verla ayer, y me confirmó que había hablado con Nick Spencer en la cena. Ella le dijo que había ido con su marido en un crucero a Sudamérica a principios de noviembre pasado. Entablaron amistad con una pareja de Ohio, la cual les contó que su sobrina había vivido una breve temporada en Caspien trece años antes. Tuvo una niña en el hospital del pueblo, y le diagnosticaron esclerosis múltiple. La llevó al doctor

Spencer para que le diera las inyecciones habituales, y el día antes de que la familia se mudara a Ohio, el doctor Spencer fue a su casa y dio a la niña una inyección de penicilina porque tenía mucha fiebre.

Tomé un sorbo de café. Las ramificaciones de lo que había averiguado todavía me asombraban.

—Según su historia, el doctor Spencer llamó a la madre varias semanas después a su casa de Ohio. Estaba muy alterado. Dijo que había administrado por error a la niña una vacuna no probada en la que había trabajado años antes, y que se hacía responsable de todos los problemas que hubieran podido surgir.

—¿Administró a la niña una vacuna sin probar... una vacuna antigua en la que había estado trabajando? Es un milagro que no la matara —dijo Ken.

—Espera a escuchar el resto. La madre le dijo que la niña no había sufrido ninguna reacción a la vacuna. Y lo más sorprendente, teniendo en cuenta los tiempos en que vivimos, es que no salió corriendo en busca de un abogado con la confesión del doctor Spencer. Por otra parte, la niña no daba muestras de estar desarrollando ningún problema. Pocos meses después, el nuevo pediatra de Ohio dijo que había existido un error de diagnóstico con la niña, pues su desarrollo era normal y no se apreciaban signos de enfermedad. La niña tiene ahora trece años y sufrió un accidente de coche el otoño pasado. La responsable de las resonancias magnéticas comentó que, si no supiera que era imposible, habría afirmado que el resultado mostraba un rastro muy tenue de esclerosis en algunas células, una indicación muy poco usual. La madre decidió pedir a Caspien las radiografías originales. Mostraban esclerosis extendida tanto en el cerebro como en la médula espinal.

—Debieron equivocarse de radiografías —dijo Ken—. Sucede con excesiva frecuencia en los hospitales.

—Lo sé, y nadie de Ohio iba a creer que no se hubieran equivocado de radiografías, excepto la madre. Escribió al doctor Spencer para informarle, pero había muerto años antes, y le devolvieron la carta.

»Dora Whitman dijo a esa gente que Nicholas Spencer era el hijo del doctor Spencer, y que estaba segura de que se alegraría de tener noticias de su sobrina. La señora Whitman propuso que su sobrina le escribiera a Gen-stone. Por lo visto, escribió, pero no recibió respuesta.

—¿Eso es lo que la señora Whitman contó a Spencer en la cena de homenaje? —preguntó Don.

—Sí.

—Y al día siguiente, él volvió corriendo a Caspien para recuperar las antiguas notas de su padre, pero descubrió que habían desaparecido —dijo Ken, mientras jugueteaba con sus gafas. Me pregunté con qué frecuencia tenía que sustituir el tornillo que sujetaba la montura.

—Dora Whitman prometió a Spencer que le daría la dirección y el número de teléfono de la gente que le había hablado de su sobrina. En la cena no la llevaba encima, por supuesto. Spencer fue a verla después de ir a casa del doctor Broderick y descubrir que las notas habían desaparecido. Ella dijo que Spencer estaba muy afectado. Telefoneó a la pareja de Ohio desde casa de los Whitman, consiguió el número de teléfono de su sobrina y habló con ella. Se llama Caroline Summers.

»Dora Whitman le oyó preguntar a Summers si tenía fax. Por lo visto, la chica tenía, porque Spencer dijo que iba a ir al hospital de Caspien para ver si habían conservado una copia de las radiografías de su hija, y en ese caso, quería que le enviara su permiso por fax para recogerlas.

—¿Ahí fue después de ver a Broderick?

—Sí. Yo volví al hospital de Caspien después de dejar a la señora Whitman. El empleado recordaba que Nicholas Spencer había ido, pero no pudo ayudarle. Habían enviado el único juego de radiografías a Caroline Summers.

—Después, la secuencia de acontecimientos parece indicar que la señora Summers escribió esa carta a Spencer en noviembre, después de lo cual alguien se apresuró a recoger las antiguas notas de su padre —dijo Don.

Vi que estaba dibujando triángulos, y me pregunté qué deduciría un psicólogo de ese comportamiento. Yo sabía mi deducción: una tercera persona, en las oficinas de Gen-stone, se había tomado muy en serio la carta y había tomado medidas al respecto, o se lo había encargado a alguien.

—Hay más. Nick Spencer voló a Ohio, se encontró con Caroline Summers y su hija, la examinó, tomó las radiografías hechas en el hospital de Caspien y fue con ella al hospital de Ohio, donde la responsable afirmó haber visto rastros de células escleróticas. La resonancia magnética había desaparecido. Alguien que utilizó el nombre de Caroline Summers la había recogido una semana después de Acción de Gracias. Nick pidió a la señora Summers que no hablara a nadie de estas revelaciones, y dijo que volvería a ponerse en contacto con ella. Nunca lo hizo, claro está.

—Tiene un topo en su empresa, y un mes y pico después su avión se estrella. —Ken volvió a calarse las gafas, señal de que íbamos a terminar pronto—. Ahora se le ha visto en Suiza, y su amiguita ha desaparecido.

—En cualquier caso, millones de dólares también han desaparecido —dijo Don.

—Carley, has dicho que hablaste con la esposa del doctor Broderick. ¿Te proporcionó alguna información? —preguntó Ken.

—Solo hablé con ella un momento. Sabía que había estado en la consulta de su marido la semana pasada, y supongo que le transmitió una impresión de mí favorable. Dije que quería consultarle unos datos para el artículo, y accedió a hablar conmigo en cuanto su marido estuviera fuera de peligro. Confío en que, para ese momento, él haya sido capaz de explicar más o menos lo que le pasó.

—El accidente de Broderick, un accidente de avión, documentación robada, una resonancia magnética robada, una mansión incendiada, una secretaria desaparecida, una vacuna contra el cáncer fallida y una vacuna que tal vez haya curado una esclerosis múltiple hace trece años —dijo Don mientras se levantaba—. Pensar que todo esto empezó como la típica historia del estafador que se ha dado a la fuga.

—Algo sí que voy a decirte —intervino Ken—. Ninguna inyección de una vacuna antigua curó jamás la esclerosis múltiple.

Mi teléfono sonó, y me apresuré a contestar. Era Lynn. Teniendo en cuenta la información de que Nick había sido visto en Suiza, junto con la sorprendente noticia de que estaba liado con su secretaria, quería que la ayudara a preparar una declaración para los medios. Tanto Charles Wallingford como Adrian Garner la habían urgido en ese sentido.

—Carley, aunque la información sobre Nick no sea cierta, el hecho de que sostuviera una relación sentimental con su ayudante me desvinculará de sus actividades en la mente de la gente. Me verán como la esposa inocente. Eso es lo que ambas queremos, ¿verdad?

—Queremos la verdad, Lynn —dije, pero accedí de mala gana a comer con ella en el Four Seasons.

29

El Four Seasons estaba, como siempre, lleno a la una de la tarde, la hora de llegada favorita para al menos la mitad de los comensales. Reconocí rostros familiares, de los que aparecen en la sección «Estilo» del *Times* tanto como en las páginas de política y negocios.

Julian y Alex, los propietarios, estaban en el mostrador de recepción. Pregunté cuál era la mesa de la señora Spencer.

—Ah, la reserva está a nombre del señor Garner —contestó Alex—. Los demás ya han llegado. Están sentados en el Pool Room.

De modo que no iba a ser una sesión de dos cuñadas empeñadas en salvar una reputación, pensé mientras seguía a mi acompañante por el pasillo de mármol que conducía al comedor. Me pregunté por qué Lynn no me había dicho que Wallingford y Garner iban a estar presentes en la comida. Tal vez pensó que me habría echado atrás. Te equivocaste, Lynn, pensé. Ardo en deseos de verles, sobre todo a Wallingford. Pero tenía que reprimir mis instintos de reportera. Quería ser toda oídos y hablar lo mínimo posible.

Llegamos al Pool Room, así llamado porque tiene una gran piscina cuadrada en el centro, rodeada de hermosos árboles que simbolizan la estación. Al ser primavera, se destacaban los largos y esbeltos manzanos, con las ramas cargadas de flores. Es un salón alegre y bonito, y apuesto a que aquí se cierran tantos acuerdos suculentos con un apretón de manos como en salas de juntas.

El acompañante me dejó con el jefe de comedor, y yo le seguí hasta la mesa. Incluso desde lejos vi que Lynn estaba guapa. Llevaba un vestido negro con cuello y puños de hilo blanco. No podía ver sus pies, pero los vendajes habían desaparecido de sus manos. El domingo no había utilizado joyas, pero hoy exhibía una ancha alianza de oro en el dedo medio de su mano izquierda. Gente que iba camino de su mesa se paraba a saludarla.

¿Estaba actuando, o me sentía yo tan clínicamente predispuesta a detestarla que me disgustó la sonrisa valiente y el meneo infantil de cabeza cuando un hombre, al que reconocí como presidente de una firma de corredores de bolsa, le extendió la mano?

—Todavía duele —le explicó, mientras el jefe de comedor retiraba una silla para que yo me sentara. Me alegré de que tuviera vuelta la cabeza. Me ahorró la necesidad de dar besitos al aire.

Adrian Garner y Charles Wallingford hicieron el gesto acostumbrado de echar hacia atrás sus sillas y tratar de levantarse cuando yo llegué a la mesa. Elevé la protesta acostumbrada, y nos sentamos todos al mismo tiempo.

Debo decir que ambos hombres eran impresionantes. Wallingford era un hombre muy apuesto, con el tipo de facciones refinadas que surgen cuando generaciones de sangre azul continúan emparejándose. Nariz aguileña, ojos azules, cabello castaño oscuro teñido de gris en las sienes, un cuerpo disciplinado y manos bonitas: la esencia del patricio. Su traje gris oscuro a rayas estrechas apenas discernibles me pareció de Armani. La corbata de dibujos rojos y grises sobre una inmaculada camisa blanca completaba el retrato. Observé que varias mujeres le miraban de forma apreciativa cuando pasaron junto a la mesa.

Adrian Garner debía de ser de la misma edad que Wallingford, pero el parecido terminaba ahí. Era unos cinco centímetros más bajo, y tal como había observado yo el domingo, ni su cuerpo ni su cara exhibían el refinamiento tan visible en Wallingford. Tenía la tez rubicunda, como si pasara mucho tiempo al aire libre. Hoy llevaba gafas sobre sus hundidos ojos castaños, y su mirada era penetrante. Cuando me miró, tuve la sensación de que podía leer mi mente. Le rodeaba un aura de poder que trascendía su chaqueta deportiva color tostado y los pantalones marrones, que parecían comprados por catálogo.

Wallingford y él me dieron la bienvenida. Estaban bebiendo champán, y cuando yo asentí, el camarero llenó mi copa. Después, vi que Garner dirigía una mirada irritada a Lynn, que aún seguía hablando con el corredor de bolsa. Debió de intuirla, porque dio por concluida la conversación, se volvió hacia nosotros y fingió que estaba muy contenta de verme.

—Carley, has sido muy amable al venir casi sin previo aviso. Ya te puedes imaginar el trajín que me llevo.

—Sí.

—¿No fue una suerte que Adrian me advirtiera sobre la declaración que hice el domingo, cuando pensábamos que habían encontrado un fragmento de la camisa de Nick? Ahora, después de enterarme de que tal vez hayan visto a Nick en Suiza, ya no sé qué pensar.

—Pero eso no es lo que vas a decir —dijo con firmeza Wallingford. Me miró—. Todo esto es confidencial —empezó—. Hemos hecho algunas investigaciones en la oficina. Estaba claro para cierto número de empleados que Nicholas Spencer y Vivian Powers sostenían una relación sentimental. La sensación general es que Vivian conservó el empleo durante estas últimas semanas porque quería averiguar los progresos de la investigación sobre el accidente de avión. La gente del fiscal general está investigando, por supuesto, pero nosotros también hemos contratado a una agencia de detectives. Habría significado un gran respiro para Spencer que se le creyera muerto, por supuesto, pero en cuanto le vieron en Europa, el juego terminó. Ahora se le considera un fugitivo, y debemos asumir que a la Powers también. Una vez se supo que él había sobrevivido al accidente, ya no tenía que esperar más, porque si se hubiera quedado, las autoridades la habrían interrogado.

—Lo único bueno que esa mujer ha hecho por mí es que la gente ya no me trata como a una paria —dijo Lynn—. Al menos, ahora creen que Nick me engañó como al resto. Cuando pienso...

—Señorita DeCarlo, ¿cuándo cree que se publicará su reportaje? —preguntó Adrian Garner.

Me pregunté si yo era la única persona de la mesa irritada por su grosera interrupción. Estaba segura de que se trataba de una costumbre inveterada de Garner.

Le di una respuesta ambigua, con la esperanza de irritarle a su vez.

—Señor Garner, a veces nos debatimos con dos elementos opuestos. Uno es el aspecto referido a la noticia en sí, y Nicholas Spencer es una gran noticia. El otro aspecto es contar la historia verdadera, sin convertirla en un compendio de los últimos rumores. ¿Contamos ya con toda la historia de Nick Spencer? No lo creo. De hecho, cada día estoy más convencida de que ni siquiera hemos arañado la superficie de la historia, de manera que no puedo contestar a su pregunta.

Me di cuenta de que había logrado irritarle, lo cual me complació sobremanera. Tal vez Adrian Nagel Garner sea un magnate triunfador, pero en mi código ético eso no le da permiso para ser grosero.

Me di cuenta de que estábamos trazando líneas de batalla.

—Señorita DeCarlo... —empezó.

Le interrumpí.

—Mis amigos me llaman Carley.

No es el único que puede interrumpir a la gente cuando está hablando, pensé.

—Carley, las cuatro personas sentadas a esta mesa, así como los inversores y empleados de Gen-stone, somos víctimas de Nicholas Spencer. Lynn me ha dicho que invertiste veinticinco mil dólares en la empresa.

—Sí. —Pensé en todo lo que había oído sobre la mansión de diseño de Garner y decidí ver si podía ponerle en un aprieto—. Era el dinero que había ahorrado para la entrada de un piso, señor Garner. Hacía años que soñaba con ello: un edificio con un ascensor que funcionara, un cuarto de baño en que la alcachofa de la ducha funcionara, tal vez incluso un edificio más antiguo con chimenea. Siempre me han gustado mucho las chimeneas.

Sabía que Garner era un hombre que se había hecho a sí mismo, pero no mordió mi anzuelo y dijo algo así como «Yo también sé lo que es desear una ducha que funcione». Hizo caso omiso de mis humildes sueños de un lugar mejor donde vivir.

—Todo el mundo que invirtió en Gen-stone tiene una historia personal, un plan personal que ha quedado destrozado —dijo con placidez—. Mi empresa se arriesgó mucho cuando anunció sus planes para comprar los derechos de distribución de la vacuna de Gen-stone. No salimos perjudicados en el aspecto económico porque nuestro compromiso dependía de la aprobación de la FDA, después de que la vacuna fuera puesta a prueba. Sin embargo, mi empresa sí ha salido gravemente perjudicada en la reserva de su buen nombre, que es un elemento esencial en el futuro de cualquier organización. La gente compraba acciones de Gen-stone en parte por la reputación de Garner Pharmaceutical, sólida como una roca. Quedar como culpable por asociación es un factor psicológico muy real en el mundo de los negocios, Carley.

Estuvo a punto de llamarme señorita DeCarlo, pero vaciló y dijo «Carley» en su lugar. Creo que nunca había oído mi nombre pronunciado con tal desprecio, y comprendí de repente que Adrian Garner, pese a su poder e influencia, me tenía miedo.

No, pensé, eso es demasiado fuerte. Este hombre respeta el hecho de que yo pueda ayudar a la gente a comprender que no solo Lynn, sino también Garner Pharmaceutical Company, fue víctima de la colosal estafa de Spencer, la vacuna contra el cáncer.

Los tres me estaban mirando, a la espera de mi respuesta. Decidí que ahora me tocaba a mí extraerles algo de información. Miré a Wallingford.

—¿Conoce en persona al accionista que afirma haber visto a Nick Spencer en Suiza?

Garner levantó la mano antes de que Wallingford pudiera contestar.

—Tal vez deberíamos pedir ahora.

Me di cuenta de que el jefe de comedor estaba de pie al lado de nuestra mesa. Cogimos la carta y elegimos. Adoro las tartas de cangrejo del Four Seasons, y por más que repaso la carta y escucho los platos del día, esa delicia de marisco y una ensalada verde suelen ser mi selección.

No hay mucha gente que pida *steak tartare* en estos tiempos. Carne cruda combinada con huevos sin manipular no se considera la mejor manera de alcanzar una edad avanzada. Por lo tanto, me interesó que Adrian Garner se decantara por el *steak tartare*.

Cumplidos «los requisitos», como dice Casey, repetí mi pregunta a Wallingford.

—¿Conoce al accionista que afirma haber visto a Nick Spencer en Suiza?

Se encogió de hombros.

—¿Conocerle? Siempre me ha interesado la semántica de decir que conoces a alguien. Para mí, «conocer» significa que le conoces bien, no solo que le ves con regularidad en reuniones numerosas, como asambleas de accionistas o fiestas de caridad. El accionista se llama Barry West. Trabaja en la administración de unos grandes almacenes, y al parecer ha manejado sus inversiones con suma pericia. Vino a nuestras asambleas cuatro o cinco veces en los últimos ocho años, y siempre insistió en hablar con Nick o conmigo. Hace dos años, cuando Garner Pharmaceutical aceptó ocuparse de la distribución de la vacuna después de que fuera aprobada, Adrian puso a Lowell Drexel en nuestra junta para que le representara. Barry West intentó congraciarse con Lowell de inmediato.

Wallingford dirigió una mirada a Adrian Garner.

—Le oí preguntar a Lowell si necesitabas a un buen experto en administración de empresas, Adrian.

—Si Lowell hubiera sido listo, debería haber dicho que no —replicó Garner.

Adrian Garner no creía en tomarse la píldora de la amabilidad por las mañanas, pero me di cuenta de que estaba logrando dominar mi irritación por sus modales bruscos, hasta cierto punto. En el mundo de los medios oyes tantas frases alambicadas, que una persona sin pelos en la lengua puede llegar a constituir un soplo de aire fresco.

—Sea como sea —dijo Wallingford—, creo que Barry tuvo la oportunidad de ver a Nick con la suficiente frecuencia y lo bastante de cerca para afirmar que la persona a la que vio era Nick, o alguien que se le parecía mucho.

El domingo, en el apartamento de Lynn, mi primera impresión había sido que estos hombres se detestaban cordialmente. La guerra, no obstante, hace extraños compañeros de cama, al igual que una empresa fracasada, pensé. Pero también tenía claro que no solo habían venido para ayudar a Lynn a explicar al mundo que era una víctima inocente de la infidelidad y la estafa de su marido. Era importante para todos ellos hacerse una idea del enfoque que emplearía el reportaje del *Wall Street Weekly*.

—Señor Wallingford —dije.

Levantó la mano. Supe que iba a decirme que le tuteara. Lo hizo.

—Charles, como sabes bien, solo estoy escribiendo sobre el elemento de interés humano del fracaso de Gen-stone y la desaparición de Nick Spencer. Tengo entendido que has estado hablando largo y tendido con mi colega Don Carter, ¿verdad?

—Sí. En colaboración con nuestros auditores, hemos concedido a investigadores externos acceso completo a nuestros libros.

—Robó todo ese dinero, pero ni siquiera quiso acompañarme a echar un vistazo a una casa de Darien, que era una ganga —dijo Lynn—. Yo tenía muchas ganas de que nuestro matrimonio funcionara, y él no podía comprender que yo detestara vivir en la casa de otra mujer.

Para ser justa, tuve que admitir que tenía razón. Si me casaba, no querría vivir en la casa de otra mujer. Después, durante una fracción de segundo, me di cuenta de que si Casey y yo terminábamos juntos no tendríamos ese problema.

—Su socio, el doctor Page, goza de libre acceso a nuestro laboratorio y a los resultados de nuestros experimentos —continuó Wallingford—. Por desgracia para nosotros, hubo resultados prometedores al principio. Suele ocurrir en la búsqueda de fármacos o vacunas que prevengan o retrasen el crecimiento de las células cancerosas. Con excesiva frecuencia, las esperanzas se han desvanecido y las empresas arruinado, debido a que las investigaciones preliminares no iban mal. Eso es lo que pasó con Gen-stone. ¿Por qué robó tanto dinero? Nunca sabremos por qué empezó a robarlo. Cuando supo que la vacuna era ineficaz y las acciones empezarían a bajar, ya no había forma de encubrir su robo, y fue entonces cuando decidió desaparecer.

En la facultad se enseña a los periodistas a formular cinco preguntas básicas: ¿Quién? ¿Qué? ¿Por qué? ¿Dónde? ¿Cuándo? Elegí la de en medio.

—¿Por qué? —pregunté—. ¿Por qué lo hizo?

—Al principio, tal vez con el fin de conseguir más tiempo para demostrar que la vacuna funcionaría —dijo Wallingford—. Después, cuando supo que no funcionaría y que había estado falsificando datos, creo que decidió que solo tenía una elección: robar suficiente dinero para vivir de él el resto de su vida y huir. La prisión federal no es el club de campo que los medios describen.

Me pregunté si alguien había pensado en serio alguna vez que la prisión federal era un club de campo. Lo que Wallingford y Garner estaban diciendo era que, en esencia, yo había demostrado ser fiel al apoyar a Lynn. Ahora podríamos ponernos de acuerdo en la mejor manera de resumir su inocencia, y luego yo podría contribuir a reconstruir su credibilidad según el modo en que enfocara mi parte de la investigación para el reportaje.

Había llegado el momento de repetir lo que creía haber estado diciendo desde el primer momento.

—He de repetir algo que han de asumir, o al menos en eso confío —les dije.

Nos sirvieron las ensaladas, y esperé para terminar mi frase. El camarero ofreció pimienta molida. Solo Adrian Garner y yo aceptamos. En cuanto el camarero se alejó, les dije que escribiría la historia tal como la viera, pero en el interés de escribirla bien y no equivocarme, necesitaría concertar entrevistas en profundidad con Charles Wallingford y Adrian Garner. De repente, me di cuenta de que a este último no me había animado a llamarle Adrian.

Los dos accedieron. ¿A regañadientes? Tal vez, pero no podían negarse.

Una vez liquidada la cuestión, Lynn extendió las manos hacia mí por encima de la mesa. Me vi obligada a tocar las yemas de sus dedos con las mías.

—Has sido tan buena conmigo, Carley —dijo con un profundo suspiro—. Me alegro de que estés de acuerdo en que, pese a estar quemadas, mis manos están limpias.

Las famosas palabras de Poncio Pilatos desfilaron por mi mente: «Me lavo las manos de la sangre de este inocente».

Pero Nick Spencer, pensé, pese a la pureza de sus intenciones originales, era culpable de robo y engaño, ¿no?

Eso indicaban todas las pruebas.

¿O no?

30

Antes de salir del restaurante, nos pusimos de acuerdo en las fechas de mis entrevistas con Wallingford y Garner. Aproveché mi ventaja y sugerí reunirme con ellos en sus casas. Wallingford, que vive en Rye, uno de los suburbios más elegantes del condado de Westchester, dijo al instante que podía llamarle el sábado o el domingo a las tres de la tarde.

—Me iría mejor el sábado —contesté, pensando en Casey y en la fiesta a la que iría con él el domingo. Después, crucé los dedos y probé suerte—. Quiero ir a su sede central y hablar con algunos de los empleados, solo para que expresen sus sentimientos sobre la pérdida de sus puestos de trabajo y la bancarrota, y cómo afectará eso a sus vidas.

Vi que intentaba pensar a toda prisa en una forma educada de negarse, de manera que añadí:

—Anoté los nombres de algunos accionistas en la asamblea de la semana pasada, y también hablaré con ellos.

De lo que en verdad quería hablar con los empleados, por supuesto, era sobre si todo el mundo estaba enterado de la relación sentimental entre Nick Spencer y Vivian Powers.

Estaba claro que a Wallingford no le hacía ninguna gracia la petición, pero cedió porque estaba intentando obtener buena prensa de mí.

—Supongo que no habrá ningún problema —dijo al cabo de un momento en tono gélido.

—Entonces mañana por la tarde, a eso de las tres —dije a toda prisa—. Prometo que no tardaré mucho. Solo quiero retratar en el reportaje la reacción global de todos los implicados.

Al contrario que Wallingford, Garner se negó de plano a que le entrevistara en su casa.

—El hogar de un hombre es su castillo, Carley —dijo—. Nunca hago negocios allí.

Me habría encantado recordarle que hasta el palacio de Buckingham estaba abierto a los turistas, pero me mordí la lengua. Cuando terminamos el café, yo estaba más que dispuesta a ponerme de nuevo en marcha. Un periodista no debe permitir que sus sentimientos interfieran en el trabajo, pero de repente noté que la ira se apoderaba de mí. Me daba la impresión de que Lynn estaba muy contenta de que su marido hubiera estado implicado en un serio romance antes de su desaparición. Eso conseguía que cayera mejor, incluso que fuera objeto de compasión, y era lo único que le importaba.

Wallingford y Garner cojeaban del mismo pie. Demuestra al mundo que somos víctimas, ese era el objetivo de todo lo que me contaban. De nosotros cuatro, pensé, yo soy la única que parece remotamente interesada en la posibilidad de que, si se encontrara la pista de Nicholas Spencer, tal vez hubiera una forma de recuperar una parte del dinero, lo cual sería una gran noticia para los accionistas. Quizá yo recuperaría algo de mis veinticinco mil dólares. O quizá Wallingford y Garner daban por sentado que, aunque pudieran detener y extraditar a Nick, habría enterrado el dinero a tal profundidad que nunca lo encontrarían.

Después de negarme el acceso a su casa, Garner accedió a recibirme en su oficina del edificio Chrysler. Dijo que podría concederme una entrevista rápida el viernes a las nueve y media de la mañana.

Al caer en la cuenta de los pocos periodistas que habían llegado tan lejos con Adrian Garner (era famoso por no conceder entrevistas), le di las gracias con aceptable calidez.

—Carley —dijo Lynn antes de irnos—, he empezado a clasificar los objetos personales de Nick. He encontrado la placa que le concedieron en febrero en su pueblo natal. La había tirado en un cajón. Fuiste a Caspien en busca de material sobre su infancia y adolescencia, ¿verdad?

—Sí.

No estaba dispuesta a admitir que había estado allí menos de veinticuatro horas antes.

—¿Qué piensa de él la gente ahora?

—Lo mismo que piensa la gente en todas partes. Era tan convincente, que la junta del hospital de Caspien invirtió un montón de dinero en Gen-stone después de que él recibiera los honores. Como resultado de sus pérdidas, han tenido que cancelar los planes para la ampliación del ala infantil.

Wallingford meneó la cabeza. La expresión de Garner era sombría, pero adiviné que se estaba impacientando. La comida había terminado. Ya tenía ganas de irse.

Lynn no reaccionó al hecho de que el hospital hubiera perdido dinero destinado a niños enfermos.

—¿Qué decían de Nick antes de que estallara el escándalo? —preguntó en cambio.

—Se publicaron exaltados panegíricos en el periódico de la ciudad después de que el avión se estrellara —contesté—. Al parecer, Nick fue un estudiante excelente, un buen chico, y sobresalía en deportes. Había una gran foto de él cuando tenía dieciséis años, alzando un trofeo. Era campeón de natación.

—Quizá fue el motivo de que preparara el accidente y luego llegara a la playa nadando —sugirió Wallingford.

Quizá, pensé. Pero si era lo bastante listo para montar ese número, me parece muy raro que no fuera lo bastante listo para no dejarse ver en Suiza.

Volví al despacho y escuché mis mensajes. Un par eran muy desconcertantes. El primer correo electrónico que leí era:

> Cuando mi esposa te escribió el año pasado, no te molestaste en responder a su pregunta, y ahora está muerta. No eres tan lista. ¿Ya has descubierto quién estaba en casa de Lynn Spencer antes de que se incendiara?

¿Quién era ese tipo?, me pregunté. No cabía duda de que, a menos que se tratara de una broma muy pesada, estaba mal de la cabeza. A juzgar por la dirección, era el mismo tipo que me había enviado un mensaje siniestro dos días antes. Había conservado el correo electrónico, pero ahora me arrepentía de no haber conservado también el otro que me pareció siniestro, el que decía «Prepárate para el día del Juicio Final». Lo había borrado porque en aquel momento pensé que era de un chiflado religioso. Ahora, me pregunté si el mismo individuo había enviado los tres.

¿Había estado alguien en la casa con Lynn? Sabía por los Gómez que entraba dentro de lo posible que recibiera visitas a altas horas de la noche. Me pregunté si debía enseñarle el correo electrónico y decir «¿A que es ridículo?». Sería interesante observar su reacción.

El otro comunicado que me conmocionó fue un mensaje encontrado en mi contestador automático, dejado por una supervisora del departamento de radiología del hospital de Caspien. Decía que consideraba importante que le aclarara algo.

Le devolví la llamada ipso facto.

—Señorita DeCarlo, ¿estuvo ayer aquí hablando con mi ayudante? —preguntó.

—Sí, en efecto.

—Tengo entendido que pidió una copia de la radiografía de la hija de los Summers, y dijo que la señora Summers enviaría un fax autorizándola.

—Exacto.

—Supongo que mi ayudante le dijo que no conservamos copias, pero tal como expliqué al marido de la señora Summers cuando las vino a recoger el 28 de noviembre del año pasado, se llevaba nuestro último juego, pero le podríamos hacer más copias si lo deseaba. Dijo que no sería necesario.

—Entiendo.

Tuve que esforzarme para encontrar las palabras. Sabía que el marido de Caroline Summers no había recogido aquellas radiografías, del mismo modo que no se había llevado los resultados de la resonancia magnética de Ohio. La persona que había leído y tomado muy en serio la carta que Caroline Summers escribió a Nicholas Spencer no había dejado nada al azar. Utilizando el nombre de Nick Spencer, había robado las antiguas notas del doctor Spencer al doctor Broderick, después había robado las radiografías del hospital de Caspien, donde se demostraba que la niña padecía esclerosis múltiple, y por fin había robado la resonancia magnética del hospital de Ohio. Se había tomado muchas molestias, y tenía que existir un buen motivo.

Don estaba solo en su oficina. Entré.

—¿Tienes un minuto?

—Claro.

Le comenté la comida en el Four Seasons.

—Buen trabajo —dijo—. Garner es un hueso duro de roer.

Después, le hablé de las radiografías que alguien, suplantando al marido de Caroline Summers, se había llevado del hospital de Caspien.

—No cabe duda de que no dejaron cabos sueltos, sean quienes sean —dijo poco a poco Carter—, lo cual demuestra que Gen-stone tiene, o tuvo, un topo de primera en la oficina. ¿Hablaste de esto durante la comida?

Le miré fijamente.

—Perdón —dijo—. Claro que no.

Le enseñé el correo electrónico.

—No sé si este tipo es un chalado —dije.

—Yo tampoco —contestó Don Carter—, pero creo que deberías avisar a las autoridades. A la policía le encantaría seguir la pista de este individuo, porque puede que sea un testigo muy importante de ese incendio. Recibimos un soplo de que la policía de Bedford detuvo a un chico por conducir drogado. La familia tiene un abogado influyente que quiere llegar a un acuerdo. Aportarían a su favor el testimonio del chico contra Marty Bikorsky. El chico afirma que volvía a casa de una fiesta hace una semana, a eso de las tres de la madrugada del martes, y pasó ante la casa de los Spencer. Jura que vio a Bikorsky pasando muy despacio con su furgoneta por delante de la casa.

—¿Cómo pudo saber que era la furgoneta de Marty Bikorsky, por el amor de Dios? —protesté.

—Porque el chico abolló el guardabarros en Mount Kisco y acabó en la estación de servicio donde trabaja Marty. Vio el coche de Marty y se quedó fascinado con la matrícula. Habla con él al respecto. Es M. O. B.* El nombre completo de Bikorsky es Martin Otis Bikorsky.

—¿Por qué no había dicho nada hasta ahora?

—Bikorsky ya había sido detenido. El chico se había escapado a escondidas a la fiesta y ya tiene bastantes problemas con sus padres. Dice que si hubieran detenido a un inocente, ya habría hablado.

—Un auténtico ciudadano modelo —comenté, pero estaba desolada por lo que Don acababa de decirme. Recordé haber preguntado a Marty si se había quedado sentado en el coche cuando salió a fumar. Sorprendí a su mujer cuando le dirigió una mirada de advertencia. ¿Era eso lo que pasaba? Me lo pregunté ahora, igual que en aquel momento. ¿Había ido a dar un paseo en coche, en lugar de quedarse sentado con el motor en marcha? Las casas de su barrio estaban muy juntas. Cualquier vecino con la ventana abierta habría oído el ruido del motor en plena noche. Habría sido muy natural que, irritado, preocupado, y después de un par de cervezas, Bikorsky hubiera pasado ante la prístina y hermosa mansión de Bedford, y pensado en que iba a perder su casa. Y entonces, tal vez hubiera hecho algo al respecto.

Los correos electrónicos que yo estaba recibiendo parecían verificar esta versión de los acontecimientos, algo que yo consideraba muy inquietante.

Vi que Don me estaba observando.

—¿Estás pensando que no juzgo bien a las personas? —le pregunté.

---

* Moda nueva popularizada mediante internet, que consiste en reunir muchedumbres en un lugar y momento determinados, hacer que realicen un acto que podría calificarse de surrealista, y finalmente conseguir que esta misma muchedumbre se disperse en un abrir y cerrar de ojos. (N. del T.)

—No. Estaba pensando que lamento que no hayas juzgado bien a ese individuo. Por lo que me has dicho, Marty Bikorsky lo tiene fatal. Si se le fue la olla y prendió fuego a esa casa, cumplirá una larga condena, te lo aseguro. Hay demasiados peces gordos en Bedford para permitir que alguien queme una de sus casas y se vaya de rositas. Si confiesa voluntariamente, será mejor para él, te lo aseguro.

—Espero que no lo haga. Estoy convencida de que es inocente.

Fui a mi escritorio. Aún conservaba el ejemplar del *Post*. Busqué la página tres, que contenía el artículo sobre la supuesta presencia de Spencer en Suiza y la desaparición de Vivian Powers. Antes, solo había leído los dos primeros párrafos. El resto era un reciclaje de la historia de Gen-stone, pero encontré la información que esperaba localizar: el nombre de la familia de Vivian Powers, que vivía en Boston.

Allan Desmond, su padre, había hecho una declaración: «No creo de ninguna manera que mi hija se haya reunido con Nicholas Spencer en Europa. Durante estas últimas semanas ha hablado frecuentemente por teléfono con su madre, sus hermanas y conmigo. Estaba muy afligida por la muerte de Spencer, y pensaba volver a Boston. Si está vivo, ella no lo sabía. Yo sí sé que no habría infligido tamaña aflicción a su familia de manera voluntaria. Lo que ha ocurrido ha sido sin su colaboración o consentimiento».

Yo también lo creía. Vivian Powers sufría por Nicholas Spencer. Hace falta un tipo especial de crueldad para desaparecer de forma deliberada y permitir que tu familia padezca una agonía cada momento de cada día, mientras se pregunta qué te ha pasado.

Me senté a la mesa y eché un vistazo a las notas que había escrito sobre mi visita a casa de Vivian. De pronto, recordé algo. Dijo que la carta de la madre cuya hija había curado de una esclerosis múltiple había sido contestada con una carta preimpresa. Recordé que Caroline Summers me había dicho que nunca había recibido respuesta. Por lo tanto, algún administrativo no solo había pasado la carta a una tercera persona, sino que también había destruido toda prueba de su existencia.

Decidí que estaba obligada a llamar a la policía de Bedford para hablarle de los correos electrónicos. El detective que contestó era cordial, pero no pareció particularmente impresionado. Me pidió que le enviara por fax una copia de ambos.

—Pasaremos la información a la brigada antipirómanos de la oficina del fiscal del distrito —dijo—. Seguiremos la pista de la persona que la envió, pero tengo la sensación de que esa carta es obra de un chiflado, señorita DeCarlo. Estamos absolutamente seguros de la identidad del culpable.

Era inútil decirle que yo estaba absolutamente segura de lo contrario. Mi siguiente llamada fue para Marty Bikorsky. Una vez más, se conectó el contestador automático.

—Marty, sé que la situación es delicada, pero sigo apoyándote. Me gustaría volver a hablar contigo.

Empecé a recitar mi número de móvil por si Marty lo había extraviado, pero descolgó el teléfono antes de que terminara. Accedió a verme después de trabajar. Me disponía a salir, cuando pensé en algo y encendí de nuevo el ordenador. Sabía que había leído un artículo en *House Beautiful*, en el cual salía Lynn fotografiada en la casa de Bedford. Si no me acordaba mal, el reportaje incluía varias fotos del exterior. Lo que más me interesaba era la descripción de la finca. Localicé el artículo, lo bajé y me felicité por mi buena memoria. Después, me marché.

Esta vez, quedé atrapada en el tráfico de las cinco con dirección a Westchester, y no llegué a casa de los Bikorsky hasta las siete menos veinte. Si Rhoda y él parecían abatidos cuando les vi el sábado, hoy parecían enfermos. Nos sentamos en la sala de estar. Oí el sonido de la televisión procedente del pequeño estudio que había junto a la cocina, y supuse que Maggie estaba allí.

Fui directa al grano.

—Marty, no acabo de tragarme eso de que aquella noche te quedaste dentro del coche con el aire acondicionado encendido, y no creo que sea cierto. Fuiste a dar un paseo, ¿verdad?

No fue difícil comprobar que Rhoda se había opuesto a mi presencia en su casa. Su rostro enrojeció.

—Carley —dijo en voz baja—, pareces una buena persona,

pero eres periodista y quieres un reportaje. Ese chico se equivocó. No vio a Marty. Nuestro abogado hará añicos su historia. El chico intenta quitarse problemas de encima gracias a su acusación contra Marty. Dirá cualquier cosa con tal de llegar a un trato. Recibí algunas llamadas de personas que ni siquiera nos conocen, diciendo que ese chico es un mentiroso compulsivo. Marty no salió de nuestro camino de entrada en toda la noche.

Miré a Marty.

—Quiero enseñaros estos correos electrónicos —dije. Observé a Marty mientras los leía, y luego se los pasó a Rhoda.

—¿Quién es este tipo? —me preguntó.

—No lo sé, pero en este momento la policía está siguiendo el rastro de esos mensajes. Le encontrarán. A mí me parece un chiflado, pero puede que estuviera merodeando por los alrededores. Hasta es posible que sea el autor del incendio. La cuestión es que si te aferras a la historia de que no pasaste por delante de la casa diez minutos antes de que la incendiaran, y mientes, quizá aparezcan más testigos. En ese caso, estás acabado.

Rhoda se puso a llorar. El hombre palmeó su rodilla y guardó silencio durante unos momentos. Por fin, se encogió de hombros.

—Estuve allí —dijo, con voz ronca—, tal como lo has imaginado, Carley. Tomé un par de cervezas después de trabajar, ya te lo dije, tenía dolor de cabeza y conducía sin rumbo fijo. Aún estaba furioso, lo admito, pero con las ideas claras. No solo era la casa. Es el hecho de que la vacuna contra el cáncer no fuera buena. No sabes cuánto he rezado para que estuviera disponible a tiempo de curar a Maggie.

Rhoda sepultó la cabeza en las manos. Marty pasó un brazo a su alrededor.

—¿Te detuviste ante la casa? —pregunté.

—Me paré lo suficiente para abrir la ventanilla de la furgoneta y escupir a la mansión y todo cuanto representaba. Después, me fui a casa.

Le creí. Habría jurado ante un tribunal que estaba diciendo la verdad. Me incliné hacia delante.

—Marty, estuviste allí pocos minutos antes de que el fuego

empezara. ¿Viste a alguien abandonar la casa, o tal vez otro coche que pasara? Si ese chico dice la verdad, y te vio, ¿le viste a él también?

—Un coche vino en dirección contraria y pasó delante de mí. Puede que fuera el chico. A eso de un kilómetro, pasó otro coche en dirección a la casa.

—¿Te fijaste en algún detalle?

Negó con la cabeza.

—No, la verdad. Quizá pensé que era muy antiguo por la forma de los faros, pero no podría jurarlo.

—¿Viste a alguien que bajara por el camino de entrada desde la casa?

—No, pero si el tipo que envió el mensaje estuvo allí, puede que tenga razón. Recuerdo que había un coche aparcado al otro lado de la cancela.

—¡Viste un coche allí!

—Apenas lo vislumbré. —Se encogió de hombros—. Me fijé cuando paré y bajé la ventanilla, pero solo estuve unos segundos.

—Marty, ¿qué aspecto tenía el coche?

—Era un sedán oscuro, es lo único que puedo decirte. Estaba aparcado a un lado del camino de entrada, detrás de la columna, a la izquierda de la cancela.

Saqué del bolso el artículo que había bajado de internet y encontré una foto de la propiedad tomada desde la carretera.

—Enséñamelo.

Se inclinó hacia delante y estudió la fotografía.

—Aquí estaba aparcado el coche —dijo, y señaló un punto justo al otro lado de la cancela.

Bajo la foto ponía: «Un encantador camino de guijarros conduce hasta un estanque».

—El coche debía estar sobre los guijarros. La columna impide que se vea desde la calle —observó Marty.

—Si la persona que envió el correo electrónico vio a un hombre en el camino de entrada, puede que fuera su coche —les dije.

—¿Por qué no subió hasta la casa? —preguntó Rhoda—. ¿Por qué aparcó allí y subió a pie?

—Porque no quería que se viera el coche —contesté—. Marty, sé que has de hablar con tu abogado sobre esto, pero he leído los informes sobre el incendio con mucho detenimiento. Nadie habló de un coche aparcado junto a la entrada, de modo que el propietario se largó antes de que llegaran los bomberos.

—Tal vez fue él quien provocó el incendio —dijo Rhoda, con algo similar a la esperanza en su voz—. ¿Qué estaba haciendo, si tenía el coche escondido?

—Hay muchas preguntas sin respuesta —dije mientras me ponía en pie—. La policía puede seguir el rastro de los correos electrónicos. Tal vez te beneficien, Marty. Me prometieron informarme de su identidad. Volveré a verte lo antes posible.

Cuando se levantó, Marty formuló la pregunta que estaba en mi mente.

—¿La señora Spencer ha dicho si tenía compañía aquella noche?

—No. Ya has visto el tamaño de la casa —añadí, por pura lealtad—. Alguien pudo entrar en la propiedad sin que ella se enterara.

—Con un coche no, a menos que supiera la combinación de la puerta, o que alguien de la casa la abriera. Esas cosas funcionan así. Di a la policía que investigue a los empleados de la casa. ¿O solo se están concentrando en mí?

—No puedo contestar a eso, pero sí te digo que voy a descubrirlo. Vamos a empezar con los correos electrónicos, a ver dónde nos conducen.

El antagonismo que Rhoda había demostrado hacia mí cuando llegué a su casa había desaparecido.

—Carley —preguntó—, ¿de veras crees que existe alguna posibilidad de descubrir al tipo que incendió la casa?

—Sí.

—¿Aún ocurren milagros?

Estaba hablando de algo que no era el incendio.

—Yo creo en ellos, Rhoda —contesté con firmeza, y lo dije en serio.

Pero volví a casa con la seguridad de que se le iba a negar el milagro que más ansiaba. Sabía que no podía ayudarla, pero haría todo cuanto estuviera en mi mano por ayudar a Marty a demostrar su inocencia. Encima de padecer la muerte de su hija, solo faltaría que no tuviera a su marido al lado.

Yo debería saberlo bien, pensé.

31

«Bástele a cada día su propia malicia.» Así me sentía yo cuando llegué a casa después de estar con Marty y Rhoda Bikorsky. Eran casi las nueve. Estaba cansada y hambrienta. No quería cocinar. No quería pizza. No quería comida china. Miré en la nevera y me sentí desolada. Lo que me dio la bienvenida fue una patética mescolanza de queso que empezaba a resecarse en los bordes, un par de huevos, un tomate, un poco de lechuga marrón y una barra de cuarto que había olvidado.

Julia Child sería capaz de convertir esto en un festín para gourmets, me recordé.* Vamos a ver qué puedo hacer yo.

Con esa encantadora y excéntrica chef en mente, puse manos a la obra y no me salió nada mal. Primero, me serví una copa de chardonnay. Después, quité las hojas marrones de la lechuga, añadí un poco de ajo, aceite y vinagre, y preparé una ensalada. Corté en rebanadas delgadas la barra de cuarto, espolvoreé parmesano por encima y la metí en el horno. La parte sana del queso y el tomate contribuyeron a la creación de una tortilla que sabía a gloria.

No todo el mundo sabe hacer una tortilla, pensé, y me felicité.

Comí de una bandeja, sentada en una butaca que ya estaba en nuestra sala de estar cuando era pequeña. Tenía los pies apoyados en un almohadón. Era confortante estar en casa y relajada. Abrí

---

* Julia Child, a sus 90 años, es la cocinera más prestigiosa de Estados Unidos. (N. del T.)

una revista que quería leer desde hacía tiempo, pero descubrí que era incapaz de concentrarme en ella, porque los acontecimientos del día seguían dando vueltas en mi cabeza.

Vivian Powers. La veía de pie en la puerta de su casa mientras yo me alejaba en mi coche. Puedo comprender por qué Manuel Gómez comentó que estaba contento de que Nick la hubiera conocido. Por lo que fuera, no podía imaginar a estas dos personas, que habían perdido a seres queridos por culpa del cáncer, viviendo en Europa gracias a un dinero que debería ser utilizado para la investigación del cáncer.

El padre de Vivian había jurado que su hija no permitiría que su familia viviera angustiada, preguntándose qué le había pasado. El hijo de Nick Spencer se aferraba a la esperanza de que su padre estaba vivo. ¿Permitiría Nick que un niño huérfano de madre viviera cada día pendiente de recibir noticias de su padre?

El telediario local que empezaba más temprano era el de las diez, y lo conecté, ansiosa por ver si había nuevas noticias sobre Spencer o Powers. Tuve suerte. Barry West, el accionista que afirmaba haber visto a Nick, iba a ser entrevistado. Me sentía impaciente. Después de la habitual tanda de anuncios, su entrevista abría el programa.

West no se parecía en nada a Sherlock Holmes. Era de tamaño mediano, rechoncho, de mejillas sonrosadas y calva incipiente. Para la entrevista, estaba sentado en la terraza del café donde afirmaba haber visto a Nicholas Spencer.

El corresponsal de Fox News en Zurich fue al grano.

—Señor West, ¿es aquí donde estaba sentado cuando creyó ver a Nicholas Spencer?

—No creí verle. Le vi —replicó West.

No sé por qué esperaba que tuviera la voz nasal o chillona. Me equivoqué. Su voz era potente, pero modulada.

—Mi esposa y yo tuvimos que decidir si cancelábamos o no estas vacaciones —continuó—. Son nuestras bodas de plata, y las planificamos durante mucho tiempo, pero después perdimos un montón de dinero en Gen-stone. En cualquier caso, llegamos aquí el viernes pasado, y el martes por la tarde estábamos sentados en este bar, hablando de lo mucho que nos alegrábamos de no habernos quedado en casa, cuando miré en esa dirección.

Señaló una mesa situada en el perímetro de la terraza.

—Él estaba justo allí. No podía creerlo. He asistido a suficientes asambleas de accionistas de Gen-stone para conocer a Spencer. Se había teñido el pelo (antes era rubio oscuro y ahora es negro), pero le habría reconocido aunque hubiera llevado puesto un pasamontañas. Conozco su cara.

—Intentó hablar con él, ¿verdad, señor West?

—Más bien le grité, «Eh, Spencer, quiero hablar con usted».

—¿Qué pasó?

—Le diré exactamente lo que pasó. Se puso en pie de un brinco, tiró unas monedas sobre la mesa y salió corriendo. Eso fue lo que pasó.

El presentador señaló la mesa donde el presunto Spencer había estado sentado.

—Lo dejaremos a la consideración de nuestros espectadores. En el momento de grabar esto, las condiciones climáticas y la hora son las mismas del martes por la noche, cuando Barry West creyó ver a Nicholas Spencer en aquella mesa. Uno de nuestros compañeros, de una estatura y complexión similares a las del señor Spencer, está sentado en la mesa ahora. ¿Le ve con mucha claridad?

Desde aquella distancia, el miembro del equipo al que habían elegido habría podido ser Nicholas Spencer. Hasta sus facciones eran del mismo tipo. Pero no entendí cómo alguien que le mirara desde aquella distancia y ángulo podía identificarle con tanta seguridad.

La cámara volvió a Barry West.

—Vi a Nicholas Spencer —afirmó con rotundidad—. Mi mujer y yo invertimos ciento cincuenta mil dólares en su empresa. Exijo que nuestro gobierno envíe gente que le capture y obligue a confesar dónde metió todo ese dinero. Me costó mucho esfuerzo ganarlo, y quiero recuperarlo.

El corresponsal de la Fox continuó.

—Según la información que obra en nuestro poder, varias

agencias de investigación diferentes están siguiendo esta pista, al tiempo que investigan la desaparición de Vivian Powers, la presunta amante de Nicholas Spencer.

El teléfono sonó, y apagué el televisor. Aunque el teléfono no hubiera sonado, estaba a punto de hacerlo. Ya estaba harta de escuchar tonterías sobre determinados acontecimientos.

Sé que mi saludo sonó apresurado e impaciente.

—Hola.

—Eh, ¿alguien ha bailado sobre tu tumba hoy? Pareces muy animada.

Era Casey.

Reí.

—Estoy un poco cansada —dije—. Y también un poco triste, tal vez.

—Háblame de ello, Carley.

—Doctor, lo dice como si estuviera preguntándome, «¿dónde le duele?».

—Quizá sea así.

Le hice un resumen del día.

—En pocas palabras, creo que le están haciendo la cama a Marty Bikorsky, y creo que algo muy malo le ha pasado a Vivian Powers. El tipo que afirma haber visto a Nick Spencer en Zurich tal vez tenga razón, pero es muy improbable.

—¿La policía puede seguir el rastro de los correos electrónicos que recibiste?

—A menos que el tipo sea uno de esos genios de la informática, pueden, o al menos eso dicen.

—En ese caso, salvo que esté como una regadera, como tú dices, quizá descubras algo que ayude a Bikorsky. Hablando de otra cosa, puede que no vayamos a Greenwich el domingo. ¿Qué te gustaría hacer, si no? Si hace buen tiempo, sugiero ir a dar un paseo y comer en la playa.

—¿Tus amigos han suspendido la fiesta? ¿No era un cumpleaños o un aniversario?

Percibí la vacilación en la voz de Casey.

—No, pero cuando llamé a Vince para decirle que podrías venir conmigo, presumí de tu nuevo empleo y de que estabas escribiendo un reportaje sobre Nicholas Spencer.

—Y...

—Y me di cuenta de que algo pasaba. Dijo que creyó que eras una columnista de asesoría financiera cuando hablamos por primera vez de que ibas a venir. El problema es que los padres de la primera mujer de Nick Spencer, Reid y Susan Barlowe, son sus vecinos, y asistirán a la fiesta. Vince dice que lo están pasando muy mal con todo lo que andan diciendo sobre Spencer.

—El hijo de Nick vive con ellos, ¿verdad?

—Sí. De hecho, Jack Spencer es el mejor amigo del hijo de Vince.

—Escucha, Casey, no voy a impedir que vayas a esa fiesta. Renuncio.

—Esa opción está descartada —replicó Casey.

—Podemos salir el sábado, el lunes o cuando sea. Una vez dicho esto, daría cualquier cosa por hablar con los ex suegros de Nick. Se niegan a dejarse entrevistar por los medios, y no creo que estén haciendo un favor a su nieto. Te doy mi palabra de honor de que no hablaré de Nick Spencer si voy a la fiesta, ni haré una sola pregunta, directa o indirecta, pero tal vez si me conocen se animarán a llamarme más adelante.

Casey no contestó, y oí que mi voz se alzaba cuando seguí hablando.

—Maldita sea, Casey, los Barlowe no pueden emplear la táctica del avestruz. Algo muy gordo está pasando, y deberían darse cuenta. Me jugaría el cuello a que ese berzotas de Barry West, quien afirma haber visto a Nick Spencer en Zurich, solo vio a alguien que se le parecía.

»Vivian Powers, la ayudante de Nick, ha desaparecido, Casey. Te hablé del doctor Broderick. Aún sigue en estado grave. Quemaron la casa de Nick en Bedford. Nick veía con frecuencia a sus ex suegros. Les confió a su hijo. ¿No es posible que les dijera algo que pudiera arrojar un poco de luz sobre todo esto?

—Lo que dices es muy sensato, Carley —dijo en voz baja Casey—. Por lo que Vince dijo, deduzco que los Barlowe están agotando su paciencia con todos los informes contradictorios sobre Nick Spencer. Su hijo, Jack, tendrá graves problemas si la situación no se soluciona. Tal vez Vince pueda convencerles de que hable contigo.

—Cruzaré los dedos.

—De acuerdo. Pero en cualquier caso, quedamos el domingo.

—Fantástico, doctor.

—Una cosa más, Carley.

—Ajá.

—Llámame cuando descubras quién envió esos correos electrónicos. Creo que tienes razón. Apuesto a que todos proceden de la misma fuente, y no me gusta el que habla del día del Juicio Final. Ese tipo parece un perturbado, y tal vez se ha obsesionado contigo, lo cual me preocupa. Ve con cuidado.

Casey había hablado con tal seriedad que quise animarle.

—«No juzguéis y no seréis juzgados» —sugerí.

—«Una palabra a los prudentes es suficiente» —replicó—. Buenas noches, Carley.

32

Ahora que su rifle estaba a salvo en la tumba de Annie, Ned se sentía seguro. Sabía que los polis volverían, y no le sorprendió cuando el timbre de su puerta sonó de nuevo. Esta vez, abrió al instante. Sabía que tenía mejor aspecto que el martes. Después de que enterrara el rifle el martes por la tarde, sus ropas y manos quedaron cubiertas de barro, pero no le importó. Cuando llegó a casa, abrió la nueva botella de whisky, se acomodó en su butaca y bebió hasta caer dormido. Cuando enterró el rifle, solo pudo pensar en que, si seguía cavando, llegaría al ataúd de Annie, lo abriría por la fuerza y la tocaría.

Tuvo que obligarse a alisar la tierra y dejar su tumba en paz. La echaba demasiado de menos.

Al día siguiente despertó a las cinco de la mañana, y si bien la ventana estaba sucia y cubierta de chorretones, vio el sol cuando salió. La luz iluminó de tal manera la sala que reparó en sus manos y advirtió lo sucias que estaban. Tenía las ropas incrustadas de barro.

Si los polis se hubieran topado con él, habrían dicho «¿Has estado cavando en algún sitio, Ned?». Quizá se les habría ocurrido ir a echar un vistazo a la tumba de Annie y encontrado su rifle.

Por eso se había dado una ducha prolongada ayer, y se había restregado con el cepillo de mango largo que Annie le había comprado. Hasta se lavó el pelo y se cortó las uñas. Annie siempre le estaba diciendo que era importante mantener un aspecto limpio y respetable.

—Ned, ¿quién va a contratarte si no te afeitas, te cambias de ropa ni te cepillas el pelo para que no tenga ese aspecto tan desastrado? —le precavía—. Ned, a veces tienes un aspecto tan deplorable que la gente no quiere acercarse a ti.

El lunes, cuando había ido en coche a la biblioteca de Hastings para enviar los dos primeros correos electrónicos a Carley De-Carlo, reparó en que el bibliotecario le miraba de una forma rara, como si no encajara en el ambiente.

El miércoles, ayer, había ido a Croton para enviar los nuevos correos electrónicos, y se había puesto ropa limpia. Nadie le había prestado atención.

Y así, pese a que había dormido vestido aquella noche, sabía que tenía mejor aspecto que el martes.

Cuando llegaron, eran los mismos polis, Pierce y Carson. Se dio cuenta al instante de que habían reparado en que presentaba mejor aspecto. Entonces, vio que miraban la butaca donde había estado tirada su ropa sucia. Cuando se marcharon el martes, la había metido en la lavadora. Sabía que los polis regresarían, y no quería que vieran la ropa incrustada de barro.

Ned siguió los ojos de Carson y vio que estaba mirando las botas manchadas de barro que había dejado junto a la butaca. Se había olvidado de guardarlas.

—Ned, ¿podemos hablar contigo un par de minutos? —preguntó Carson.

Ned sabía que intentaba hablar como un viejo amigo que se hubiera dejado caer por su casa. Pero a él no le engañaban. Sabía cómo trabajaba la bofia. Cinco años antes, cuando le habían detenido por pelearse en el bar con aquel gilipollas, el diseñador de jardines que trabajaba para los Spencer en Bedford, el cual dijo que nunca más volvería a contratarle, los polis se habían comportado con gran amabilidad al principio. Pero después, dijeron que él había provocado la pelea.

—Claro, entren —dijo.

Ocuparon las mismas sillas que en la visita anterior. La almohada y la manta continuaban donde las había dejado el otro día, en el sofá. Había dormido en la butaca las dos últimas noches.

—Ned —dijo el detective Carson—, tenías razón sobre el sujeto que estaba detrás de ti en la farmacia de Brown la otra noche. Se llama Garret.

¿Y qué?, tuvo ganas de decir Ned. En cambio, se limitó a escuchar.

—Garret dice que creyó verte aparcado frente a la farmacia cuando se fue. ¿Es eso cierto?

¿Debo admitir que le vi? Tuviste que verle forzosamente, se dijo Ned. Peg intentaba no perder su autobús. Había terminado con él a toda prisa.

—Claro, seguía allí —admitió—. Ese tipo salió un minuto después de mí. Subí al coche, giré la llave, cambié la emisora de radio para escuchar las noticias de las diez, y luego me fui.

—¿Adónde fue Garret, Ned?

—No lo sé. ¿Qué más me daba? Salí del aparcamiento, di media vuelta y me fui a casa. ¿Quieren detenerme por haber dado la vuelta?

—Cuando hay poco tráfico, hasta yo lo hago —dijo Carson.

Ahora se me pone en plan colegui, pensó Ned. Intentan tenderme una trampa. Miró a Carson y no dijo nada.

—¿Tienes alguna arma de fuego, Ned?

—No.

—¿Has disparado alguna vez?

Ve con cuidado, se advirtió Ned.

—Cuando era niño, con una pistola BB.

Apostó a que ya lo sabía.

—¿Te han detenido alguna vez?

Admítelo, se dijo.

—Una vez. Fue un malentendido.

—¿Pasaste un tiempo en la cárcel?

Había estado en la prisión del condado hasta que Annie logró reunir el dinero de la fianza. Fue allí donde aprendió a enviar correos electrónicos sin que pudieran localizarle. El tipo de la celda de al lado decía que bastaba con ir a una biblioteca, utilizar uno de los ordenadores, entrar en internet y pulsar «hotmail». «Es un servicio gratuito, Ned», le había explicado. «Puedes poner un nombre falso, y no se enteran. Si alguien se cabrea, pueden averiguar que salió de la biblioteca, pero a ti no te pueden localizar.»

—Solo iba a dormir —dijo, malhumorado.

—Veo que tus botas están sucias de barro, Ned. ¿Estuviste en el parque del condado la otra noche, después de ir a la farmacia?

—Ya le he dicho que me vine directamente a casa.

Era en el parque del condado donde había disparado a Peg. Carson estaba examinando otra vez las botas.

En el parque no salí del coche, se dijo Ned. Le dije a Peg que saliera y fuera andando a casa, y después, cuando empezó a correr, disparé contra ella. No tienen ningún motivo para hablar de mis botas. No dejé huellas de pisadas en el parque.

—Ned, ¿te importaría que echáramos un vistazo a tu furgoneta? —preguntó Pierce, el detective alto.

No tenían nada contra él.

—Sí, me importaría —replicó Ned—. Me importaría mucho. Voy a la farmacia y compro algo. Le ocurre algo a una señora muy amable que tuvo la mala suerte de perder el autobús, y ustedes intentan insinuar que le hice algo. Salgan de aquí.

Vio que los ojos de los hombres se achicaban. Había hablado demasiado. ¿Cómo sabía que la mujer había perdido el autobús? Eso era lo que estaban pensando.

Se la jugó. ¿Lo había oído o lo había soñado?

—Dijeron por la radio que había perdido el autobús. Es verdad, ¿no? Alguien vio que corría hacia la parada. Y es verdad, me molesta que miren en mi furgoneta, y me molesta que vengan aquí y me hagan tantas preguntas. Váyanse de aquí. ¿Me han oído? ¡Lárguense de aquí y no vuelvan!

No había tenido la intención de amenazarles con el puño, pero eso fue lo que hizo. El vendaje de su mano se aflojó, y los policías vieron las ampollas y la hinchazón.

—¿Cómo se llama el médico que te curó la mano, Ned? —preguntó Carson sin alzar la voz.

33

Una buena noche de sueño significa que todas las partes de mi cerebro se despiertan al mismo tiempo. No sucede muy a menudo, pero tuve la suerte de que, cuando desperté el 1 de mayo, me sentía despejada y en plena forma, lo cual significó una bendición, teniendo en cuenta la forma en que evolucionó el día.

Me duché, y luego me puse un traje gris a rayas ligero que había comprado a finales de la temporada pasada y ardía en deseos de estrenar. Abrí la ventana para que entrara un poco de aire fresco, y también para saber la temperatura exterior. Era un día de primavera perfecto, caluroso y con un poco de brisa. Vi que las flores crecían en las macetas de la ventana de mi vecina, y pinceladas de nubes adornaban el cielo azul.

Cuando era pequeña, cada 1 de mayo celebrábamos una ceremonia en la iglesia de Nuestra Señora del Monte Carmelo, en Ridgewood, durante la cual coronábamos a la Virgen. La letra del himno que entonábamos pasó por mi cabeza, mientras me pintaba los ojos y los labios.

> *Oh, María, hoy te coronamos de flores,*
> *Reina de los ángeles, Reina de mayo...*

Supe por qué recordaba la melodía. Cuando tenía diez años, me eligieron para coronar la estatua de la Virgen con una guirnalda de flores. Cada año, este honor recaía alternativamente en un chico de diez años, o en una chica de la misma edad.

Patrick habría cumplido diez años la semana que viene.

Resulta curioso que, por más que hayas aceptado el dolor de haber perdido a un ser querido, de vez en cuando ocurre algo que pone de manifiesto su ausencia, y por un momento la cicatriz se abre y deja la herida al descubierto.

Basta, me dije, y cerré mi mente con decisión a ese tipo de pensamientos.

Fui andando al trabajo y llegué a mi mesa a las nueve menos veinte, me serví una taza de café y me dirigí al despacho de Ken, donde Don Carter ya estaba sentado. Apenas había dado el primer sorbo a mi café, cuando la atmósfera ya empezó a caldearse.

Llamó el detective Clifford de la policía de Bedford, y lo que dijo nos dejó patidifusos a todos. Ken, Don y yo escuchamos por el altavoz del teléfono, mientras Clifford nos informaba de que había descubierto el origen de los correos electrónicos, incluyendo el que yo no había conservado, pero del cual le había hablado, en el que se me instaba a prepararme para el día del Juicio Final.

Todos habían sido enviados desde el condado de Westchester. Los dos primeros habían llegado desde la biblioteca de Hastings, y el otro de una biblioteca de Croton. El remitente había utilizado «hotmail», un servicio gratuito de internet, pero había entrado lo que creían ser una falsa información sobre su identidad.

—¿Qué significa eso? —preguntó Ken.

—El remitente dio el nombre de Nicholas Spencer, y utilizó la dirección de la casa de Bedford que se quemó la semana pasada.

¡Nicholas Spencer! Todos lanzamos una exclamación ahogada y nos miramos. ¿Podía ser posible?

—Espere un momento —dijo Ken—. Tienen toneladas de fotos recientes de Nicholas Spencer en los archivos de los periódicos. ¿Se las enseñó a los bibliotecarios?

—Sí. Ninguno reconoció a Spencer como el hombre que había utilizado sus ordenadores.

—Incluso en hotmail has de dar una contraseña —dijo Don—. ¿Qué clase de contraseña utilizó ese sujeto?

—Utilizó un nombre de mujer. Annie.

Salí corriendo en busca de mis correos electrónicos y leí el último:

> Cuando mi esposa te escribió el año pasado, no te molestaste en responder a su pregunta, y ahora está muerta. No eres tan lista. ¿Ya has descubierto quién estaba en casa de Lynn Spencer antes de que se incendiara?

—Apuesto lo que sea a que la mujer de ese tipo se llama Annie —dije.

—Hay algo más que nos parece interesante —dijo el detective Clifford—. El bibliotecario de Hastings recuerda muy bien que un tipo desastrado que utilizó un ordenador tenía una quemadura grave en la mano derecha. No puede afirmar que enviara esos correos electrónicos, pero se fijó en él.

Antes de colgar, Clifford nos aseguró que estaba ampliando la red y alertando a las bibliotecas de otras poblaciones de Westchester sobre la posible aparición de un individuo de unos cincuenta años, un metro ochenta de estatura, tal vez de aspecto desastrado y con una quemadura en la mano derecha, que utilizaría un ordenador.

¡Tenía una quemadura en la mano! Estaba segura de que el hombre que me había enviado los correos electrónicos, en los que afirmaba haber visto a alguien huyendo por el camino de acceso de casa de los Spencer, era el que tenía una quemadura en la mano derecha. Era una noticia excelente.

Marty y Rhoda Bikorsky merecían un poco de esperanza. Les telefoneé. Dios, si pudiéramos darnos cuenta de lo que es realmente importante en nuestras vidas, pensé cuando oí su reacción estupefacta ante el hecho de que el remitente de los correos electrónicos quizá estaba utilizando el nombre de Nick Spencer y tenía una quemadura en la mano.

—Le detendrán, ¿verdad, Carley? —preguntó Marty.

—Puede que sea un lunático —advertí—, pero estoy segura de que le atraparán. No cabe duda de que vive cerca de allí.

—Hemos recibido otra buena noticia —dijo Marty—, y esta sí que nos ha pillado de sorpresa. El tumor de Maggie no creció a tanta velocidad el mes pasado. No ha desaparecido, y está claro que va a matarla, pero si no vuelve a acelerar, pasaremos otra Navidad con ella casi seguro. Rhoda ya ha empezado a pensar en los regalos.

—Me alegro mucho. —Tragué saliva—. Seguiremos en contacto.

Tuve ganas de sentarme unos minutos para saborear la dicha que había captado en la voz de Marty Bikorsky, pero era preciso hacer una llamada que la disiparía al instante. El padre de Vivian Powers, Allan Desmond, constaba en el listín telefónico de Cambridge, Massachusetts. Le llamé.

Al igual que Marty Bikorsky, los Desmond dejaban que el contestador automático filtrara sus mensajes. Al igual que Marty, descolgaron antes de que yo pudiera colgar.

—Señor Desmond —empecé diciendo—, soy Carley DeCarlo, del *Wall Street Weekly*. Me entrevisté con Vivian la tarde del día que desapareció. Me gustaría mucho reunirme con usted. O al menos hablar. Si desea...

Oí que descolgaban.

—Soy Jane, la hermana de Vivian —dijo una voz tensa, pero educada—. Sé que mi padre estaría encantado de hablar con usted. Se hospeda en el hotel Hilton de White Plains. Puede localizarle allí ahora. Acabo de hablar con él.

—¿Aceptará mi llamada?

—Deme su número. Le diré que la llame.

Menos de tres minutos después, mi teléfono sonó. Era Allan Desmond. Parecía muy cansado.

—Señorita DeCarlo, he accedido a celebrar una conferencia de prensa dentro de unos momentos. ¿Podríamos hablar un poco más tarde?

Efectué un cálculo rápido. Eran las nueve y media. Tenía que hacer algunas llamadas, y debía estar en las oficinas de Gen-stone en Pleasantville a las tres y media, para hablar con los empleados.

—Si me acerco ahí, ¿podríamos tomar un café a eso de las once? —pregunté.

—Sí.

Convinimos en que le llamaría desde el vestíbulo del hotel Hilton.

Una vez más, hice una pausa para calcular el tiempo. Estaba segura de que mi entrevista con Allan Desmond se prolongaría entre cuarenta minutos y una hora. Si le dejaba a las doce, podría estar en Caspien a la una. Estaba convencida de que había llegado el momento de persuadir a la esposa del doctor Broderick de que hablara conmigo.

Tecleé el número de la consulta del doctor Broderick, con la convicción de que lo peor que podía suceder era que se negara.

La recepcionista, la señora Ward, se acordó de mí y se mostró muy cordial.

—Me alegra mucho comunicarle que el doctor mejora cada día más —dijo—. Siempre se ha mantenido en forma, y es un hombre fuerte. Eso le está sirviendo de mucha ayuda. Sé que la señora Broderick está convencida de que saldrá adelante.

—Me alegro muchísimo. ¿Sabe si está en casa ahora?

—No. Está en el hospital, pero sé que piensa venir aquí por la tarde. Siempre ha trabajado en la consulta, y ahora que el doctor está mejor, viene unas cuantas horas al día.

—Señora Ward, voy a ir a Caspien, y es muy importante que hable con la señora Broderick. Es acerca del accidente del doctor. Preferiría no hablar más del asunto ahora, pero pienso pasar por la consulta alrededor de las dos, y si la señora puede concederme un cuarto de hora, creo que valdría la pena. Le di el número de mi móvil cuando hablé con ella el otro día, pero se lo daré a usted otra vez. Además, le agradecería mucho que me llamara en el caso de que la señora Broderick se negara a verme.

Tenía que hacer una llamada más, y era a Manuel y Rosa Gómez. Les localicé en casa de su hija, en Queens.

—Nos hemos enterado por la prensa de la desaparición de la señorita Powers —dijo Manuel—. Nos preocupa mucho la posibilidad de que le haya pasado algo.

—Entonces, ¿no cree que se ha reunido con el señor Spencer en Suiza?

—No, señorita DeCarlo, pero ¿quién soy yo para decir nada?

—Manuel, ¿conoce el sendero de guijarros que conduce al estanque, detrás de la columna izquierda de la puerta?

—Por supuesto.

—¿Es un lugar adecuado para aparcar un coche?

—El señor Spencer aparcaba muchas veces allí.

—¡El señor Spencer!

—Sobre todo en verano. A veces, cuando la señora Spencer estaba con sus amigos en la piscina, y él venía de Nueva York camino de Connecticut para ver a Jack, aparcaba allí, para que nadie viera el coche. Después, subía a cambiarse.

—¿Sin avisar a la señora Spencer?

—Puede que ella conociera sus planes, pero él decía que si empezaba a hablar con gente, era difícil escaparse.

—¿Qué clase de coche conducía el señor Spencer?

—Un sedán BMW negro.

—¿Algún amigo de los Spencer aparcaba en ese camino de guijarros, Manuel?

El hombre calló unos momentos.

—De día no, señorita DeCarlo —dijo en voz baja.

34

Allan Desmond tenía aspecto de no haber dormido en tres días, y seguro que era cierto. Adentrado en la sesentena, su palidez era tan gris como su pelo. Era un hombre de complexión delgada, y aquella mañana parecía demacrado y agotado. De todos modos, iba vestido elegantemente con traje y corbata, y tuve la sensación de que era uno de esos hombres que solo se quitan la corbata en el campo de golf.

La cafetería no estaba muy concurrida, y elegimos una mesa de un rincón, donde nadie pudiera escuchar nuestra conversación. Pedimos café. Yo estaba segura de que el hombre no había comido nada en toda la mañana.

—Me apetece un bollo relleno —dije—, pero solo si usted me acompaña.

—Es usted muy sutil, señorita DeCarlo, pero tiene razón... No he comido nada. Que sea un bollo.

—Para mí de queso —dije a la camarera.

El hombre asintió.

Después, me miró.

—¿Habló con Vivian el lunes por la tarde?

—Sí. Había telefoneado para intentar persuadirla de que nos viéramos, pero se negó. Creo que estaba convencida de que quería cargarme a Nicholas Spencer, y no quería tener que ver nada con ello.

—Pero ¿no quería aprovechar la oportunidad de defenderle?

—Sí, pero por desgracia, no siempre funciona así. Es triste decirlo, pero existe cierto segmento de los medios que, al eliminar parte de una entrevista, pueden transformar un retrato positivo en una condena sin paliativos. Creo que Vivian estaba muy afligida por los ataques de la prensa contra Nick Spencer, y no quería de ninguna manera dar la impresión de que colaboraba en la carnicería.

El padre de Vivian asintió.

—Siempre fue apasionadamente leal. —Una mueca de dolor se dibujó en su rostro—. ¿Oye lo que acabo de decir, Carley? Estoy hablando de Vivian como si no estuviera viva. Eso me aterroriza.

Ojalá hubiera tenido a mano una mentira convincente para consolarle, pero no pude.

—Señor Desmond —dije—, leí la declaración que hizo a los medios, en el sentido de que había hablado por teléfono a menudo con Vivian durante las tres semanas transcurridas desde que se estrelló el avión de Spencer. ¿Sabía usted que Nicholas Spencer y ella sostenían una relación sentimental?

Bebió un sorbo de café antes de contestar. No experimenté la sensación de que estuviera pensando en una forma de esquivar la pregunta. Creo que estaba tratando de encontrar una respuesta sincera.

—Mi mujer dice que nunca contesto a una pregunta de manera directa —dijo—, y quizá sea cierto. —Una breve sonrisa alumbró su cara, pero se desvaneció al instante—. Deje que me remonte al pasado. Vivian es la menor de mis cuatro hijas. Conoció a Joel en la universidad, y se casaron hace nueve años, cuando ella tenía veintidós. Por desgracia, como ya sabrá, Joel murió de cáncer hace poco más de dos años. En aquel tiempo, intentamos convencerla de que volviera a Boston, pero fue a trabajar con Nicholas Spencer. Estaba muy animada por trabajar en una empresa que iba a sacar al mercado una vacuna contra el cáncer.

Nick Spencer llevaba casado con Lynn algo más de dos años cuando Vivian fue a trabajar con él. Apuesto a que su matrimonio ya estaba naufragando.

—Voy a ser absolutamente sincero con usted, Carley —dijo Allan Desmond—. En el supuesto caso, y fíjese bien en mis palabras, de que Vivian estuviera sosteniendo una relación sentimental con Nicholas Spencer, no ocurrió de inmediato. Fue a trabajar con él seis meses después de que Joel muriera. Venía a casa al menos un fin de semana al mes. Durante esa época, su madre, yo o sus hermanas procurábamos hablar con ella cada noche. Todos estábamos preocupados por el hecho de que siempre parecía estar en casa. La animábamos a entrar en grupos de personas que habían perdido a seres queridos a consecuencia de un cáncer, a matricularse en cursillos, a sacarse un máster por las noches, en suma, a hacer algo que la sacara de casa.

El bollo había llegado. No hace falta decir que su aspecto era maravilloso, y pude leer la etiqueta de advertencia que lo acompañaba: mil calorías. Coágulos en tus venas. ¿Has pensado en tu nivel de colesterol?

Corté un pedazo y lo engullí. Celestial. Es un manjar que casi nunca me permito. Es malo para mí. Pero era demasiado bueno para preocuparse por eso.

—Creo que va a decirme que, en algún momento, la situación cambió —dije.

Allan Desmond asintió.

Me alegré de ver que, mientras contestaba a mis preguntas, iba comiendo con aire ausente el bollo.

—Yo diría que hacia finales del verano Vivian parecía diferente. Hablaba con más alegría, aunque estaba muy preocupada por los problemas imprevistos que habían aparecido en la vacuna contra el cáncer, si bien no hablaba mucho de ello. Supuse que era información confidencial, pero ella dijo que Nicholas Spencer estaba muy preocupado.

—¿Insinuó que se estaba desarrollando una relación íntima entre ellos?

—No, pero su hermana Jane, la que habló con usted antes, captó algo. Dijo algo así como «Viv ya ha tenido bastantes disgustos. Espero que sea lo bastante lista para no enamorarse de su jefe, que encima está casado».

—¿Le preguntó usted a Vivian si mantenía relaciones con Nick Spencer?

—Le pregunté en broma si aparecía algún hombre interesante en su horizonte. Me dijo que yo era un romántico incurable y que, si aparecía alguien, me informaría.

Intuí que Allan Desmond estaba a punto de formularme algunas preguntas, de modo que deslicé una más.

—Dejando aparte el factor romántico, ¿le dijo Vivian lo que sentía por Nicholas Spencer?

Allan Desmond frunció el ceño, y luego me miró a los ojos.

—En los últimos siete u ocho meses, cuando Vivian hablaba de Spencer, daba la impresión de que levitaba. Por ese motivo, si nos hubiera enviado una nota diciendo que se había reunido con él en Suiza, yo no lo habría aprobado, pero lo habría comprendido con todo mi corazón.

Vi que las lágrimas acudían a sus ojos.

—Carley, sería muy feliz si recibiera esa nota, pero sé que eso no va a suceder. Esté donde esté Vivian, y pido a Dios que siga con vida, no puede comunicarse con nosotros, de lo contrario ya lo habría hecho a estas alturas.

Yo sabía que tenía razón. Mientras nuestros cafés se enfriaban, le conté el encuentro con Vivian y me enteré de su plan de vivir con sus padres hasta que encontrara piso. Le hablé de la llamada telefónica en que afirmaba poder identificar al hombre que se había apoderado de las notas del doctor Spencer.

—Y poco después de eso, desapareció —dijo.

Asentí.

Ambos dejamos los bollos a medias. Sé que compartíamos la imagen visual de aquella hermosa joven cuya casa no había sido su refugio.

Ese pensamiento me inspiró una idea.

—Ha soplado un viento muy fuerte estos últimos días. ¿Tenía problemas Vivian con la puerta principal?

—¿Por qué pregunta eso?

—Porque el hecho de que su puerta principal estuviera abierta casi parecía una invitación a los vecinos para que se acercaran a tocar el timbre, por si había algún problema. Eso fue lo que sucedió, de hecho. Pero si la puerta se abrió debido al viento, porque no cerraba bien, la desaparición de Vivian no habría sido descubierta durante un día más, como mínimo.

Vi en mi mente a Vivian en la puerta, siguiéndome con la mirada cuando me marchaba.

—Podría estar en lo cierto. Sé que era necesario cerrar con fuerza esa puerta para que ajustara —dijo Allan Desmond.

—Supongamos que un golpe de aire abrió la puerta, y no que la dejaran abierta. ¿La lámpara y la mesa volcadas eran un intento de aparentar que su desaparición se debía a un robo con escalo y un secuestro?

—La policía cree que ella lo dispuso así. Ella la llamó el sábado por la tarde, señorita DeCarlo. ¿Cómo sonaba su voz?

—Agitada —admití—. Preocupada.

Creo que intuí su presencia antes de verles llegar. El detective Shapiro era uno de los hombres de rostro sombrío. El otro era un agente de policía uniformado.

—Señor Desmond —dijo Shapiro—, nos gustaría hablar con usted en privado.

—¿La han encontrado? —preguntó Allan Desmond.

—Digamos que hemos encontrado su rastro. Su vecina, Dorothy Bowes, que vive a tres puertas de la señorita Powers, es una buena amiga de su hija. Ha estado de vacaciones. Su hija tenía una llave de su casa. Bowes llegó esta mañana y descubrió que su coche había desaparecido del garaje. ¿Ha tenido alguna vez problemas psiquiátricos?

—Huyó porque estaba asustada —dije—. Lo sé.

—Pero ¿adónde fue? —preguntó Allan Desmond—. ¿Qué pudo asustarla tanto para escapar así?

Pensé que tal vez yo sabía la respuesta. Vivian había sospechado que el teléfono de Nick Spencer estaría pinchado. Me pregunté si algo la había conducido a darse cuenta de que, después de que me llamara, su teléfono también estaría pinchado. Eso explicaría su huida, espoleada por el pánico, pero no el que no se hubiera puesto en contacto con su familia. Y entonces, repetí en mi mente la pregunta de su padre: «¿Adónde fue? ¿La siguieron?».

35

La llegada de los agentes puso fin a nuestra conversación, de manera que no me quedé mucho tiempo más con Allan Desmond. El detective Shapiro y el agente Klein estuvieron sentados con nosotros unos minutos, mientras reconstruíamos los hechos tal como los conocíamos. Vivian había ido a casa de una amiga y cogido su coche. Algo la había asustado lo bastante para salir huyendo de casa, pero al menos había llegado hasta la vivienda de su vecina sana y salva. Sabía que, cuando el padre de Vivian y yo vimos a Shapiro y Klein acercarse a nuestra mesa, los dos temimos que fueran portadores de malas noticias. Al menos, ahora había esperanza.

Vivian me había llamado alrededor de las cuatro de la tarde del viernes para decir que creía saber quién se había apoderado de las notas del doctor Broderick. Según Allan Desmond, su hermana Jane había intentado telefonearla a las diez de aquella noche, y al no recibir respuesta, supuso, esperanzada, que tenía planes. Por la mañana, el vecino que paseaba al perro observó que la puerta principal estaba abierta.

Pregunté si consideraban posible que Vivian hubiera visto u oído a alguien en la parte posterior de la casa y escapado por el frente, y que tal vez hubiera derribado la lámpara y la mesa en su precipitada huida.

La respuesta de Shapiro fue que todo era posible, incluida su primera reacción, que la desaparición era un montaje. Según esa teoría, el hecho de que Vivian se marchara con el coche de su vecina no reducía en absoluto dicha posibilidad.

Me di cuenta de que el comentario de Shapiro enfurecía a Allan Desmond, pero no dijo nada. Como los Bikorsky, agradecidos de que su hija pudiera ver otra Navidad, se sentía agradecido de que su hija se hubiera ido por voluntad propia.

Había calculado que existía un noventa por ciento de posibilidades de que me llamaran la señora Broderick o la señora Ward, la recepcionista, para decirme que no fuera a Caspien, pero como no fue así, dejé a Allan Desmond con los investigadores, después de acordar que seguiríamos en contacto.

Annette Broderick era una atractiva mujer de unos cincuenta y cinco años y cabello salpicado de gris. El ondulado natural suavizaba sus facciones angulosas. Cuando llegué, sugirió que subiéramos a la vivienda instalada sobre la consulta.

Era una casa antigua maravillosa, con habitaciones espaciosas, techos altos, molduras en forma de corona y suelos de roble pulido. Nos sentamos en el estudio. El sol entraba a raudales y aumentaba la comodidad de la habitación, ya de por sí acogedora con su pared de librerías y el sofá inglés de respaldo alto.

Me di cuenta de que había pasado toda la semana en compañía de gente que estaba en el límite, temerosa de lo que la vida les estaba deparando. Los Bikorsky, Vivian Powers y su padre, los empleados de Gen-stone, cuyas vidas y esperanzas habían saltado en pedazos. Toda esta gente vivía bajo una gran tensión, y no podía quitármela de la cabeza.

Se me ocurrió que la única persona por la que debería preocuparme, pero ni pensaba en ella, era mi hermanastra, Lynn.

Annette Broderick me ofreció café, que rechacé, y un vaso de agua, que acepté. Se trajo un vaso para ella también.

—Philip está mejor —dijo—. Puede que tarde mucho tiempo, pero esperan que se recupere por completo.

Antes de que pudiera expresarle mi alegría, añadió:

—Para ser sincera, pensaba que su sugerencia de que lo ocurrido a Philip no era un accidente estaba un poco cogida por los pelos, pero ahora estoy empezando a replantearme la cuestión.

—¿Por qué? —pregunté.

—Me he apresurado demasiado —explicó—. Es que, cuando empezó a salir del coma, intentó decirme algo. Lo único que conseguí comprender fue «el coche giró». La policía cree, debido a una marca de neumático, que el coche que le arrolló tal vez venía en dirección contraria, después de dar media vuelta.

—¿La policía cree que su marido tal vez fue atropellado de forma deliberada?

—No, creen que fue un conductor borracho. Han tenido muchos problemas en la zona con menores de edad que beben o fuman hierba. Creen que alguien iba en dirección contraria, dio media vuelta y no vio a Phil hasta que fue demasiado tarde. ¿Por qué sigue insistiendo en que no fue un accidente, Carley?

Escuchó mientras yo le hablaba de la carta desaparecida de Caroline Summers a Nick Spencer, y del robo de las radiografías de su hija, no solo las del doctor Broderick sino también las del hospital de Caspien y el hospital de Ohio.

—¿Quiere decir que alguien dio crédito a lo que debía considerarse una cura milagrosa? —preguntó con incredulidad.

—No lo sé, pero sospecho que alguien pensó que las antiguas notas del doctor Spencer eran lo bastante prometedoras como para robarlas, y que el doctor Broderick podía identificar a esa persona. Con toda la publicidad suscitada en torno a Nicholas Spencer, su marido debió convertirse en un riesgo.

—Dice que recogieron las radiografías en el hospital de Caspien y una copia de la resonancia magnética en el de Ohio. ¿Las recogió la misma persona?

—He investigado eso. Los empleados no se acuerdan, pero ambos están seguros de que la persona que afirmaba ser el marido de Caroline Summers carecía de rasgos distintivos. Por otra parte, si no me equivoco, el doctor Broderick recuerda con claridad al hombre que vino a buscar las notas del doctor Spencer.

—Yo estaba en casa aquel día, y eché un vistazo por la ventana cuando aquel hombre, fuera quien fuese, subió a su coche.

—No sabía que le había visto —dije—. El doctor no lo mencionó. ¿Le reconocería?

—De ninguna manera. Era noviembre, y llevaba subido el cuello del abrigo. Ahora que lo pienso, tuve la impresión de que tenía reflejos castañorojizos en el pelo. Se ponen naranja cuando les da el sol.

—El doctor Broderick no me lo dijo cuando hablé con él.

—Son cosas que no suele comentar, sobre todo si no está seguro.

—¿El doctor Broderick ha empezado a hablar del accidente?

—Lo tienen muy sedado, pero cuando está lúcido, quiere saber qué le ocurrió. Hasta el momento, parece que no recuerda nada más que lo que intentó decirme cuando salió del coma.

—Por lo que el doctor Broderick me contó, llevó a cabo algunas investigaciones con el doctor Spencer, por eso Nick Spencer dejó las notas antiguas aquí. ¿Hasta qué punto trabajó el doctor Broderick con el padre de Nick?

—Carley, mi marido no debió conceder mucha importancia a su trabajo con el doctor Spencer, pero la verdad es que estaba muy interesado en la investigación, y opinaba que el doctor Spencer era un genio. Ese fue uno de los motivos por los que Nick dejó a su cuidado las notas. Philip abrigaba la intención de proseguir algunas de las investigaciones, pero se dio cuenta de que iba a ocuparle demasiado tiempo, y lo que era una obsesión para el doctor Spencer era una simple afición para él. No olvide que, en aquel tiempo, Nick estaba planeando dedicarse al negocio de los suministros médicos, no a la investigación, pero hará unos diez años, cuando empezó a estudiar las notas de su padre, comprendió que se hallaba en la pista de algo, tal vez tan importante como una cura para el cáncer. Por lo que mi marido me comentó, las pruebas preclínicas eran muy prometedoras, al igual que la fase uno, en la que trabajaron con sujetos sanos. Fue durante experimentos posteriores cuando las cosas empezaron a torcerse. Lo cual te impele a preguntar por qué alguien querría robar las notas del doctor Spencer.

Meneó la cabeza.

—Carley, estoy agradecida de que mi marido continúe con vida.

—Yo también —dije con vehemencia.

No quería decir a esta mujer tan amable que si el doctor Broderick había sido la víctima deliberada de un atropello, yo me sentía responsable de ello. Aunque tal vez no estuviera relacionado, el hecho de que después de hablar con él me fuera directamente a la oficina de Gen-stone en Pleasantville y empezara a hacer preguntas sobre un hombre de pelo castaño rojizo, y al día siguiente el doctor Broderick terminara en el hospital, se me antojaba una coincidencia excesiva.

Era hora de marcharme. Di las gracias a la señora Broderick por recibirme y me aseguré una vez más de que tuviera mi tarjeta con el número del móvil. Cuando me fui, sé que todavía no estaba convencida de que habían atentado contra la vida de su marido, pero casi era mejor así. Permanecería ingresado en el hospital varias semanas, como mínimo, y estaría a salvo. Para cuando saliera, yo estaba decidida a contar con varias respuestas.

Si el humor en Gen-stone era sombrío cuando estuve allí la última vez, la atmósfera de esta visita era decididamente lúgubre. Estaba claro que la recepcionista había llorado hacía poco. Dijo que el señor Wallingford había pedido que pasara a verle antes de hablar con ninguno de sus empleados. La mujer llamó a su secretaria para anunciarme.

—Veo que está disgustada —dije cuando colgó—. Espero que no sea nada irreparable.

—Me han despedido esta mañana —dijo—. Cierran las puertas esta tarde.

—Lo siento muchísimo.

El teléfono sonó y lo descolgó. Creo que debía ser un reportero, porque dijo que no estaban permitidos los comentarios y derivaba todas las llamadas al abogado de la empresa.

Cuando colgó el teléfono, la secretaria de Wallingford no se hallaba muy lejos. Me habría gustado hablar más rato con la recepcionista, pero no era posible. Recordaba el nombre de la secretaria del día anterior.

—Es la señora Rider, ¿verdad? —pregunté.

Era el tipo de mujer al que mi madre habría calificado de anodina. Su traje azul marino, las medias color tostado y los zapatos de tacón bajo iban a juego con su pelo castaño corto y la falta total de maquillaje. Su sonrisa era educada pero desinteresada.

—Sí, señorita DeCarlo.

Todas las puertas de los despachos estaban abiertas, y eché un vistazo a su interior mientras la seguía. Todos parecían vacíos. Todo el edificio parecía vacío, y pensé que, si gritara, oiría el eco. Intenté entablar conversación con la secretaria.

—Siento que vayan a cerrar la empresa. ¿Sabe qué va a hacer?

—No estoy segura —contestó.

Imaginé que Wallingford le había advertido de que no hablara conmigo, lo cual la hacía mucho más interesante, claro está.

—¿Desde cuándo trabaja para el señor Wallingford? —pregunté en tono indiferente.

—Diez años.

—Ya estaba con él cuando era el propietario de la fábrica de muebles, por lo tanto.

—Sí.

La puerta del despacho de Wallingford estaba cerrada. Conseguí forzar una pregunta más, en busca de información.

—Entonces, debe de conocer a sus hijos. Quizá estaban en lo cierto cuando se opusieron a que vendiera el negocio familiar.

—Eso no les daba derecho a demandarle —replicó indignada, mientras llamaba a la puerta con una mano y la abría con la otra.

Una información suculenta, pensé. ¡Sus hijos le demandaron! ¿Por qué?, me pregunté.

Estaba claro que a Charles Wallingford no le hizo ninguna gracia verme, pero intentó disimularlo. Se levantó cuando entré en el despacho, y vi que no estaba solo. Había un hombre sentado al otro lado de su mesa. Se levantó también y dio media vuelta cuando Wallingford me saludó, y tuve la impresión de que me inspeccionaba con mucho detenimiento. Calculé que tendría unos cuarenta y cinco años y mediría un metro setenta y cinco, de pelo gris y ojos color avellana. Al igual que Wallingford y Adrian Garner, tenía porte autoritario, y no me sorprendí cuando me lo presentaron como Lowell Drexel, miembro de la junta directiva de Gen-stone.

Lowell Drexel. Había oído el nombre hacía poco. Entonces, recordé dónde. Durante la comida, Wallingford había comentado en tono jocoso a Adrian Garner que el accionista que afirmaba haber visto a Nick Spencer en Suiza había pedido empleo a Drexel.

La voz de Drexel carecía de la menor calidez.

—Señorita DeCarlo, tengo entendido que le han encargado la poco envidiable tarea de escribir un reportaje sobre Gen-stone para el *Wall Street Weekly*.

—De contribuir a un reportaje —le corregí—. Estamos trabajando tres personas en equipo. —Miré a Wallingford—. Me he enterado de que cierran hoy. Lo lamento.

Asintió.

—Esta vez, no tendré que preocuparme por encontrar un lugar nuevo en el que invertir mi dinero —dijo en tono sombrío—. Aunque lo siento por nuestros empleados y accionistas, deseo que sean capaces de comprender que, lejos de ser el enemigo, estamos en el mismo campo de batalla.

—Confío en que aún siga en pie nuestra cita del sábado —dije.

—Sí, por supuesto. —Desdeñó con un ademán la absurda sugerencia de que quizá quisiera cancelarla—. Quería explicar que, salvo algunas excepciones, como la recepcionista y la señora Rider, concedimos a nuestros empleados la posibilidad de quedarse hoy aquí o de ir a casa. Muchos se decantaron por marcharse de inmediato.

—Entiendo. Bien, es decepcionante, pero tal vez pueda conseguir algunos comentarios de los que se han quedado.

Confié en que mi expresión no desvelara mi sospecha de que el súbito cierre estaba relacionado con mi petición de venir a entrevistar a los empleados.

—Tal vez yo pueda contestar a sus preguntas, señorita DeCarlo —se ofreció Drexel.

—Tal vez, señor Drexel. Tengo entendido que trabaja en Garner Pharmaceuticals.

—Soy el jefe del departamento jurídico. Como quizá sepa ya, cuando mi empresa decidió invertir mil millones de dólares en Gen-stone, dependiendo de la aprobación de la FDA, pidieron al señor Garner que se integrara en la junta. En tales casos, delega el cargo en alguno de sus colaboradores más próximos.

—El señor Garner parece muy preocupado por el hecho de que Garner Pharmaceuticals comparta la mala prensa de Gen-stone.

—Está extremadamente preocupado, y puede que haga algo al respecto pronto, cosa de la que no me está permitido hablar hoy.

—¿Y si no hace nada?

—Los bienes de Gen-stone serán vendidos en subasta pública, y su producto distribuido entre los acreedores.

Hizo un vago ademán en dirección a la habitación, como si se refiriera al edificio y los muebles.

—¿Sería demasiado confiar en que, si se produce un anuncio oficial, mi revista obtendrá la exclusiva? —pregunté.

—Sería demasiado confiar, señorita DeCarlo.

Su leve sonrisa fue como una puerta que se me cerrara en las narices. Lowell Drexel y Adrian Garner eran un par de icebergs, decidí. Al menos, Wallingford aportaba un barniz de cordialidad.

Me despedí con un cabeceo de Drexel, di las gracias a Wallingford y salí de la habitación acompañada de la señora Rider. Se tomó el tiempo de cerrar la puerta a nuestra espalda.

—Aún permanecen en el edificio algunas telefonistas y administrativos, así como gente de mantenimiento —dijo—. ¿Por dónde quiere empezar?

—Creo que con los administrativos —dije. Intentó guiarme, pero me rezagué—. ¿Le importa que hable con usted, señora Rider?

—Preferiría que no se me citara.

—¿Ni siquiera un comentario sobre la desaparición de Vivian Powers?

—¿Desaparición o huida, señorita DeCarlo?

—¿Cree que Vivian fingió su desaparición?

—Yo diría que su decisión de quedarse después del accidente de avión es sospechosa. Yo misma observé que sacaba expedientes de la oficina la semana pasada.

—¿Por qué cree que se llevó documentación a casa, señora Rider?

—Porque quería estar absolutamente segura de que no había nada en los archivos que pudiera revelar el paradero del dinero. —La recepcionista había estado llorando, pero la señora Rider estaba furiosa—. Estará con Spencer en Suiza ahora, riéndose de todos nosotros. No es solo mi pensión lo que pierdo, señorita De-Carlo. Soy una más de los idiotas que invirtieron casi todos los ahorros de su vida en acciones de esta empresa. Deseo de todo corazón que Nick Spencer se matara en ese accidente de aviación. Su lengua podrida y obsequiosa estaría ardiendo en el fuego del infierno por toda la desdicha que ha causado.

Si deseaba saber cómo se sentía un empleado cualquiera, ya lo había conseguido. Su rostro se tiñó de púrpura.

—Espero que no imprima eso —dijo—. El hijo de Nicholas Spencer, Jack, venía con él a veces. Siempre se paraba a hablar conmigo. Ya sufrirá bastante sin tener que leer algún día lo que dije sobre su despreciable padre.

—¿Qué opinaba de Nicholas Spencer antes de que sucediera todo esto? —pregunté.

—Lo que todo el mundo, que no tocaba con los pies en el suelo.

Era el mismo comentario que había hecho Allan Desmond al describir la reacción de Vivian ante Nicholas Spencer. La misma reacción que yo había experimentado.

—Extraoficialmente, señorita Rider, ¿qué opinaba de Vivian Powers?

—No soy estúpida. Me di cuenta de que nacía una relación entre ella y Nicholas Spencer. Creo que algunos nos dimos cuenta antes que él. Nunca entenderé qué vio en la mujer con la que se casó. Lo siento, señorita DeCarlo. Me han dicho que es su hermanastra, pero siempre que venía, cosa que no sucedía a menudo, nos trataba a todos como si no existiéramos. Entraba en el despacho del señor Wallingford sin ni siquiera saludarme, como si tuviera todo el derecho del mundo a interrumpirle.

Lo sabía, pensé. Había algo entre ellos.

—¿Se enfadaba el señor Wallingford cuando le interrumpía? —pregunté.

—Creo que se ponía violento. Es un hombre muy digno, y ella le revolvía el pelo o le besaba en la cabeza, y luego reía cuando él decía algo así como «No hagas eso, Lynn». Le estoy diciendo, señorita DeCarlo, que por un lado hacía caso omiso de la gente, y por otro actuaba como si pudiera decir o hacer lo que le viniera en gana.

—¿Tuvo muchas oportunidades de observar la interacción entre Vivian y Nicholas Spencer?

Ahora que se había desmelenado, la señora Rider era el sueño de todo periodista. Se encogió de hombros.

—El despacho de él está en la otra ala, de modo que no les veía mucho juntos. Pero en una ocasión, cuando me marchaba a casa, vi a Spencer más adelante, que acompañaba a Vivian al coche. Por la forma en que sus manos se tocaron y de mirarse, adiviné que algo muy especial estaba pasando, y en aquel momento pensé «Bien por ellos. Él se merece algo mejor que la reina de hielo».

Estábamos en la zona de recepción, y vi que la recepcionista nos estaba mirando, con la cabeza gacha como si intentara captar retazos de nuestra conversación.

—No la molesto más, señora Rider —dije—. Le prometo que nada de esto se publicará. Permítame una última pregunta. Ahora parece creer que Vivian se quedó en la oficina para borrar las huellas del dinero. Cuando se enteraron del accidente, ¿parecía realmente apenada?

—Todos estábamos consternados, sin dar crédito a lo sucedido. Nos pasábamos el rato llorando, como una pandilla de imbéciles, alabando a Nick Spencer, y todos la mirábamos porque sospechábamos que eran amantes. No dijo ni pío. Se levantó y se fue a casa. Supongo que se sintió incapaz de fingir de manera convincente.

De pronto, la mujer dio media vuelta.

—¿Qué más da? —dijo con brusquedad—. Un antro de latrocinio. —Señaló a la recepcionista—. Betty la acompañará.

En realidad, no me interesaba hablar con la gente que habían puesto a mi disposición. Estaba claro que todos negarían saber algo sobre la carta que Caroline Summers escribió a Nicholas Spencer el pasado noviembre. Pregunté a la recepcionista por el laboratorio.

—¿Cerrará como todo lo demás?

—Oh, no. El doctor Celtavini, la doctora Kendall y sus ayudantes seguirán aquí una temporada.

—¿El doctor Celtavini y la doctora Kendall están hoy aquí?

—La doctora Kendall sí.

Parecía indecisa. La doctora Kendall no estaba incluida en la lista de gente que podía entrevistar, pero Betty la llamó.

—Señorita DeCarlo, ¿tiene idea de lo difícil que es conseguir la aprobación de un fármaco nuevo? —preguntó la doctora Kendall—. De hecho, solo uno entre cincuenta mil componentes químicos descubiertos por los científicos llega al mercado. La búsqueda de una cura para el cáncer no ha cesado en ningún momento desde hace décadas. Cuando Nicholas Spencer fundó su empresa, el doctor Celtavini se interesó en grado sumo. Se mostró entusiasta ante los resultados consignados en los archivos del doctor Spencer y renunció a su cargo en uno de los laboratorios de investigación más prestigiosos del país para trabajar con Nick Spencer, al igual que yo, debería añadir.

Estábamos en su despacho, encima del laboratorio. Cuando había conocido a la doctora Kendall la semana pasada, no me había parecido particularmente atractiva, pero cuando me miró a los ojos, me di cuenta de que albergaba un fuego casi incandescente que me había pasado por alto. Me había fijado en su mentón decidido, pero llevaba el pelo oscuro corto retirado detrás de las orejas, y no había reparado en el curioso tono de sus ojos verde grisáceos. La semana pasada había intuido que era una mujer muy inteligente. Ahora, me di cuenta de que también era muy atractiva.

—¿Trabajaba usted en un laboratorio o en una empresa farmacéutica, doctora? —pregunté.

—Trabajaba en el Centro de Investigaciones Hartness.

Me quedé impresionada. Hartness representa el súmmum de la calidad. Me pregunté por qué había renunciado a su trabajo para marchar a una empresa nueva. Acababa de decir que solo uno entre cincuenta mil fármacos llegan al mercado.

Contestó a mi pregunta no verbalizada.

—Nicholas Spencer era el vendedor más persuasivo a la hora de reclutar personal, además de recaudar dinero.

—¿Cuánto tiempo hace que trabaja aquí?

—Algo más de dos años.

Había sido un día muy largo. Di las gracias a la doctora Kendall por recibirme y me fui. Antes, me paré para dar las gracias a Betty y desearle buena suerte. Después, le pregunté si se mantenía en contacto con alguna de las administrativas.

—Pat vive cerca de mi casa —dijo—. Se fue hace un año. No conocía bien a Edna y Charlotte, pero si deseara ponerse en contacto con Laura, pregunte a la doctora Kendall. Laura es su sobrina.

36

La cuestión no era si la policía volvería. Lo que preocupaba a Ned era cuándo volverían. Pensó en ello todo el día. Su rifle estaba a buen recaudo, pero si venían con una orden de registro de su furgoneta, seguramente encontrarían rastros del ADN de Peg. Había sangrado un poco cuando su cabeza golpeó contra el tablero de instrumentos.

Después, seguirían buscando hasta encontrar el rifle. La señora Morgan les diría que iba con mucha frecuencia a la tumba. A la larga lo descubrirían.

A las cuatro decidió que ya no esperaría más.

El cementerio estaba desierto. Se preguntó si Annie se sentía tan sola sin él como él sin ella. La tierra estaba tan embarrada que fue fácil desenterrar el rifle y la caja de municiones. Después, se sentó sobre la tumba unos minutos. No le importó ensuciarse la ropa. Estar allí conseguía que se sintiera cerca de Annie.

Todavía tenía que ocuparse de algunas cosas (de algunas personas), pero en cuanto hubiera hecho lo que debía, la próxima vez que viniera aquí sería la última. Por un momento, Ned tuvo la tentación de hacerlo en aquel momento. Sabía cómo hacerlo. Quitarse los zapatos. Introducir el cañón del rifle en la boca y apretar el gatillo con un dedo del pie.

Se puso a reír, y recordó que lo había hecho una vez, con el rifle descargado, solo para tomar el pelo a Annie. Ella había chillado, con los ojos anegados en lágrimas. Se precipitó hacia él y le estiró del pelo. No le había dolido. Al principio se había reído, pero después se sintió mal porque ella estaba muy disgustada. Annie le quería. Era la única persona que le había querido en su vida.

Ned se levantó poco a poco. Volvía a tener la ropa tan sucia que, fuera donde fuese, sabía que la gente le miraría. Volvió a la furgoneta, envolvió el rifle en la manta y regresó al apartamento.

La señora Morgan sería la primera.

Se duchó, afeitó y cepilló el pelo. Después, sacó el traje azul oscuro del ropero y lo extendió sobre la cama. Annie se lo había regalado por su cumpleaños, cuatro años antes. Solo lo había utilizado un par de veces. Detestaba vestirse así. Pero ahora se lo puso, junto con una corbata y una camisa. Lo estaba haciendo por ella.

Se acercó a la cómoda, donde todo seguía tal como Annie lo había dejado. El estuche con las perlas que él le había regalado por Navidad estaba en el cajón superior. A Annie le habían encantado. Dijo que no debería haber gastado cien dólares en ellas, pero le gustaron. Cogió el estuche.

Oyó que la señora Morgan iba de un lado a otro en el piso de arriba. Siempre se quejaba de que él era muy desordenado. Se había quejado a Annie de lo que amontonaba en su parte del garaje. Se había quejado de su forma de vaciar la basura, diciendo que no ataba las bolsas, sino que se limitaba a tirarlas en los grandes contenedores que había junto a la casa. Atormentaba con frecuencia a Annie, y ahora que Annie había muerto, quería echarle.

Ned cargó el rifle y subió la escalera. Llamó con los nudillos a la puerta.

La señora Morgan abrió, pero sin quitar la cadena. Ned sabía que le tenía miedo, pero cuando le vio, sonrió.

—Caramba, Ned, qué guapo estás. ¿Te encuentras mejor?

—Sí. Y me voy a sentir aún mejor dentro de un momento.

Mantenía el rifle oculto, para que ella no pudiera verlo, con la puerta abierta tan solo unos centímetros.

—Estoy empezando a seleccionar las cosas del apartamento. Annie la apreciaba mucho y quiero que se quede con sus perlas. ¿Puedo entrar para dárselas?

Captó una mirada suspicaz en los ojos de la señora Morgan, y se dio cuenta de que estaba nerviosa por la forma de morderse el labio. Pero después, oyó la cadena al deslizarse.

Ned abrió la puerta de un codazo y la empujó hacia atrás. La mujer se tambaleó y cayó. Cuando apuntó el rifle, vio la expresión que deseaba en su cara, la expresión de que sabía que iba a morir, la expresión que había visto en la cara de Annie cuando corrió hacia el coche después de que el camión la arrollara.

Solo lamentó que la señora Morgan cerrara los ojos antes de disparar contra ella.

No la encontrarían hasta mañana, tal vez incluso pasado mañana. Eso le concedería tiempo para ocuparse de los demás.

Encontró el bolso de la señora Morgan y cogió las llaves del coche y el billetero. Contenía 126 dólares.

—Gracias, señora Morgan —dijo, mirándola—. Ahora puede quedarse con toda la casa.

Se sentía sereno y en paz. Oyó una voz en su cabeza que le daba instrucciones: «Ned, coge tu furgoneta y apárcala en algún sitio donde no puedan encontrarla por un tiempo. Después, coge el Toyota negro de la señora Morgan, tan pulcro y bonito, que nadie se dará cuenta».

Una hora después estaba conduciendo el Toyota manzana abajo. Había dejado la furgoneta en el aparcamiento del hospital, donde no llamaría la atención. La gente entraba y salía todo el día. Después, regresó a pie, miró al segundo piso de la casa y, cuando pensó en la señora Morgan, se sintió bien. En la esquina, paró en el semáforo. Vio por el espejo retrovisor que un coche aminoraba la velocidad al pasar delante de la casa, y luego vio que los detectives bajaban. Para hablar con él otra vez, imaginó Ned. O para detenerle.

Demasiado tarde, pensó Ned, cuando el semáforo se puso en verde y se dirigió hacia el norte. Todo lo que estaba haciendo, lo estaba haciendo por Annie. En su memoria, deseaba visitar las ruinas de la mansión que le había inspirado el sueño de comprarle una casa igual. Al final, el sueño se convirtió en una pesadilla que le había robado su vida, de modo que él había robado la vida de la mansión. Mientras conducía, experimentó la sensación de que estaba sentada a su lado.

—Mira, Annie —dijo, cuando paró delante de la mansión en ruinas—. Mira, me desquité. Tu casa ya no existe. La de ellos tampoco.

Después, se dirigió hacia Greenwood Lake, donde Annie y él se despedirían de los Harnik y la señora Schafley.

37

Tenía la radio encendida cuando volvía a casa desde Pleasantville, pero no escuchaba una palabra de lo que decían. No podía alejar la sensación de que mi presencia anunciada en las oficinas de Gen-stone había contribuido a la brusca decisión de cerrar sus puertas hoy. También tenía la sensación de que, fueran cuales fuesen los asuntos que Lowell Drexel tenía que tratar con Charles Wallingford, había ido también para echarme un buen vistazo.

Fue pura chiripa que Betty, la recepcionista, hubiera mencionado de pasada que una de las mujeres que examinaban el correo y enviaban las cartas preimpresas era la sobrina de la doctora Kendall, Laura. Si era ella quien había contestado a la carta de Caroline Summers, ¿le habría parecido lo bastante interesante para comentársela a la doctora Kendall?, me pregunté.

Pero aun en ese caso, ¿por qué no había contestado a la carta? La política de la empresa consistía en responder a todas las cartas.

Vivian había dicho que, después de descubrir que se habían llevado las notas de su padre, Nick Spencer dejó de apuntar sus compromisos en su agenda. Si Vivian y él eran tan íntimos como imaginaba la gente de la oficina, ¿por qué no le había contado el motivo de sus preocupaciones?

¿No confiaba en ella?

En tal caso, se abría una nueva e interesante posibilidad.

¿O la estaba protegiendo con su silencio?

«Vivian Powers ha sido...»

De repente, me di cuenta de que no solo estaba pensando en

su nombre, sino que lo estaba escuchando en la radio. Subí el volumen con un movimiento del dedo, y después escuché con creciente consternación la noticia. Vivian Powers había sido encontrada, viva pero inconsciente, en el coche de su vecina. El coche estaba aparcado a un lado de la carretera, en una zona boscosa que distaba tan solo kilómetro y medio de su casa de Briarcliff Manor. Se creía que había intentado suicidarse, presunción que se basaba en el hecho de que había un frasco de píldoras vacío en el asiento de al lado.

Dios mío, pensé. Desapareció entre el sábado por la noche y el domingo por la mañana. ¿Es posible que estuviera todo ese tiempo en el coche? Estaba a punto de cruzar el límite del condado, camino de la ciudad. Me debatí durante una fracción de segundo y me desvié en la siguiente salida para volver a Westchester.

Tres cuartos de hora más tarde, estaba sentada con el padre de Vivian en la sala de espera de la unidad de cuidados intensivos del hospital de Briarcliff Manor. Estaba llorando, de alivio y miedo a la vez.

—Carley —dijo—, está dormida e inconsciente, pero parece que no recuerda nada. Le preguntaron cuántos años tiene, y dijo que dieciséis. Cree que tiene diciséis años. ¿Qué se habrá hecho?

O ¿qué le han hecho?, pensé, mientras cerraba mi mano sobre la suya. Intenté improvisar unas palabras de consuelo.

—Está viva —dije—. Es un milagro que siga viva después de estar cinco días abandonada en un coche.

El detective Shapiro apareció en la puerta de la sala de espera.

—Hemos estado hablando con los médicos, señor Desmond. Es imposible que su hija permaneciera en ese coche durante cinco días. Sin ir más lejos, sabemos que hace dos días marcó el número del móvil de Nick Spencer. ¿Cree que podrá convencerla de que sea sincera con nosotros?

38

Me quedé con Allan Desmond durante cuatro horas, hasta que su hija Jane, que venía en avión desde Boston, llegó al hospital. Era un año o dos mayor que Vivian, y se parecía tanto a ella que me quedé sorprendida cuando entró en la sala de espera.

Ambos insistieron en que les acompañara cuando Jane hablara, o intentara hablar, con Vivian.

—Ya ha oído lo que dijo la policía —insistió Allan Desmond—. Es usted periodista, Carley. Decídase.

Me quedé con él al pie de la cama mientras Jane se inclinaba sobre Vivian y le daba un beso en la frente.

—Eh, Viv, ¿qué te has creído? Estábamos muy preocupados por ti.

Vivian tenía una intravenosa clavada en el brazo. Estaban controlando su ritmo cardíaco y la presión sanguínea mediante un monitor colocado sobre la cama. Estaba blanca como la tiza, y su cabello oscuro contrastaba con su tez y las sábanas de la cama. Cuando abrió los ojos, aunque estaban nublados, me fijé de nuevo en su suave tono castaño.

—¿Jane?

El timbre de su voz era diferente.

—Estoy aquí, Viv.

Vivian miró a su alrededor, y sus ojos se concentraron en su padre. Una expresión perpleja apareció en su rostro.

—¿Por qué estás llorando papá?

Habla como una niña, pensé.

—No llores, papá —dijo Vivian, mientras sus ojos empezaban a cerrarse.

—Viv, ¿sabes qué te pasó?

Jane Desmond estaba pasando un dedo sobre la cara de su hermana, con la intención de mantenerla despierta.

—¿Que qué me pasó? —Vivian estaba intentando concentrarse. De nuevo, una expresión confusa se dibujó en su rostro—. No me ha pasado nada. Acabo de llegar a casa del colegio.

Cuando me fui unos minutos después, Jane Desmond y su padre me acompañaron hasta el ascensor.

—¿La policía tiene la desfachatez de pensar que está fingiendo? —preguntó Jane, indignada.

—Si es así, están equivocados. No está fingiendo —contesté en tono sombrío.

Eran las nueve cuando abrí por fin la puerta de mi apartamento. Casey había dejado mensajes en mi contestador automático a las cuatro, las seis y las ocho. Todos eran iguales. «Llámame cuando llegues, no importa la hora que sea. Es muy importante.»

Estaba en casa.

—Acabo de entrar —dije a modo de disculpa—. ¿Por qué no me llamaste al móvil?

—Lo hice. Un par de veces.

Había obedecido el letrero del hospital que recomendaba apagarlo, y después había olvidado conectarlo de nuevo y escuchar los mensajes.

—Trasladé a Vince tu deseo de hablar con los suegros de Nick. Debí de ser muy convincente, o puede que la noticia acerca de Vivian Powers les haya trastornado. Quieren hablar contigo, cuando te vaya bien. Supongo que sabrás lo de Vivian Powers, Carley.

Le dije que había estado en el hospital.

—Habría podido sonsacarle muchas más cosas, Casey —dije. No fui consciente de que estaba al borde de las lágrimas hasta que las percibí en mi voz—. Creo que ella quería hablar conmigo, pero tuvo miedo de confiar en mí. Después, decidió confiar en mí. Dejó ese mensaje. ¿Cuánto tiempo se escondió en casa de su vecina? ¿Alguien la vio entrar?

Hablaba tan deprisa que mis palabras se atropellaban.

—¿Por qué no utilizó el teléfono de su vecina para pedir ayuda? ¿Consiguió llegar al coche o alguien la transportó? Creo que estaba asustada, Casey. Fuera lo que fuese, siguió intentando llamar a Nick Spencer al móvil. ¿Prestó crédito a la información de que estaba en Suiza? El otro día, cuando hablé con ella, juro que creía que estaba muerto. No pudo pasar en el coche cinco días. ¿Por qué no la ayudé? En aquel momento, supe que algo muy grave estaba pasando.

Casey me interrumpió.

—Para, para —dijo—. Estás divagando. Estaré ahí dentro de veinte minutos.

Tardó veintitrés, para ser exactos. Cuando abrí la puerta, me estrechó en sus brazos, y por un momento me sentí liberada del terrible peso de haber fallado a Vivian Powers.

Creo que fue ese el momento en que dejé de luchar contra el deseo de enamorarme de Casey y confié en que, a lo mejor, él también estuviera enamorándose de mí. Al fin y al cabo, la mayor prueba es estar al lado de alguien cuando más te necesita, ¿no?

39

—Esta es su piscina, Annie —dijo Ned—. Ahora está cubierta, pero cuando trabajé aquí el verano pasado para el diseñador de jardines, estaba descubierta. Había mesas en todas esas terrazas. Los jardines eran muy bonitos. Por eso quería que tú tuvieras lo mismo.

Annie le sonrió. Estaba empezando a comprender que no había querido hacerle daño cuando vendió la casa.

Ned miró a su alrededor. Estaba oscureciendo. No había sido su intención entrar en la propiedad, pero recordó el código que abría la cancela de servicio, pues había observado teclearlo al diseñador de jardines el verano pasado. Así había entrado cuando prendió fuego a la casa. La cancela se hallaba a la izquierda de la propiedad, más allá del jardín inglés. Los ricos no querían ver a los sirvientes. No querían que sus coches o camionetas baqueteados hollaran sus caminos de entrada.

—Por eso tienen una zona de separación, Annie —explicó Ned—. Plantan árboles para evitar vernos salir o entrar. Les sirve de lección que demos la vuelta a la tortilla. Podemos salir y entrar, y no se enteran.

Cuando estaba aquí, había podado el césped, cubierto las plantas de estiércol y paja, y plantado flores alrededor de la piscina. Como resultado, conocía cada palmo de este lugar.

Se lo explicó a Annie mientras entraba.

—Teníamos que utilizar esta puerta cuando trabajaba para ella. El letrero pone ENTRADA DE SERVICIO. Para la mayoría de las entregas, o para la gente que venía a trabajar, el ama de llaves tenía que apretar un botón para dejarles entrar, pero el diseñador de jardines, ese piojoso que por pegarle me metió en un lío, sabía el código. Cada día aparcábamos delante de este garaje. Solo lo utilizan para almacenar muebles de exterior y ese tipo de cosas. Yo diría que este año no lo van a utilizar. Nadie querrá venir a un sitio como este, con la casa destruida y todo hecho un desastre.

»Hay un pequeño cuarto de baño con un váter y un lavabo en la parte posterior del garaje. Es para gente como yo. No creerás que van a dejarnos entrar en su casa, ni siquiera en la caseta, ¿verdad? ¡De ninguna manera, Annie!

»Los que limpiaban la casa, ese tipo y su mujer, eran amables. Si nos hubiéramos topado con ellos, habría dicho algo así como "He pasado por aquí para decirles cuánto siento lo del incendio". Hoy estoy hecho un brazo de mar, así que daría el pego, pero tenía la sensación de que no nos los íbamos a encontrar, y resulta que tenía razón. De hecho, da la impresión de que se han ido. El coche no está. La casa en la que vivían está a oscuras. Las persianas están bajadas. Ahora ya no hay mansión de que ocuparse. Ellos también tenían que utilizar la puerta de servicio, ¿sabes? Esos árboles están ahí para que no tengas que ver la puerta o el garaje.

»Llevaba trabajando dos años aquí, Annie, cuando oí a ese tal Spencer decir por teléfono que sabía que la vacuna funcionaba, que cambiaría el mundo. Después, el año pasado, cuando estuve aquí aquel par de semanas, oía a los otros tipos diciendo que habían comprado acciones, que ya valían el doble y que seguirían subiendo.

Ned miró a Annie. A veces, podía verla con mucha claridad. Otras, como ahora, era como ver su sombra.

—De todos modos, así fue como pasó —dijo.

Hizo ademán de tomar su mano, pero aunque sabía que estaba allí, no la palpó. Estaba decepcionado, pero no quiso demostrarlo. Annie todavía debía de estar un poco enfadada con él.

—Es hora de irnos, Annie —dijo.

Ned dejó atrás la piscina, dejó atrás el jardín inglés, atravesó la zona boscosa en dirección a la zona de servicio, donde había aparcado el coche delante del garaje, donde habían almacenado los muebles de exterior.

—¿Quieres echar un vistazo antes de marcharnos, Annie?

La puerta del garaje no estaba cerrada con llave. Alguien se había olvidado, pensó. Pero daba igual. Habría podido romper el cristal de una ventana. Ned entró. Los muebles seguían en su sitio, pero había un espacio libre, donde los caseros aparcaban su coche. Los almohadones para los muebles estaban apilados en los estantes de atrás.

—Mira, Annie. Hasta te habría gustado el garaje de los trabajadores. Bonito y limpio.

Sonrió. Ella sabía que estaba bromeando.

—De acuerdo, cariño. Ahora vamos a Greenwood Lake, a ocuparnos de la gente que se portó mal contigo.

Greenwood Lake estaba en Nueva Jersey y Ned tardó una hora y diez minutos en llegar. No oyó nada en las noticias sobre la señora Morgan, de modo que la policía aún no se habría enterado. No obstante, les oyó un par de veces decir que habían encontrado a la chica de Nicholas Spencer. Una mujer y una amiguita, pensó Ned. No cabía esperar otra cosa de él.

—La amiguita está muy enferma, cariño —informó a Annie—. Muy enferma. Ella también está recibiendo su merecido.

No quería llegar a Greenwood Lake demasiado pronto. Los Harnik y la señora Schafley se iban a la cama después del telediario de las diez, y no quería llegar antes de ese momento. Paró en un restaurante y comió una hamburguesa.

Eran las diez en punto cuando recorrió la manzana y aparcó delante de donde estaba su antigua casa. La luz de la señora Schafley estaba encendida, pero la casa de los Harnik estaba a oscuras.

—Daremos una vuelta, cariño —dijo a Annie.

Pero a medianoche los Harnik seguían sin volver a casa, y Ned decidió que no podía seguir esperando más. Si metía el rifle por la ventana de la señora Schafley, acabaría con ella, pero no podría regresar.

—Tendremos que esperar, cariño —dijo a Annie—. ¿Adónde iríamos ahora?

—A la mansión otra vez —la oyó contestar—. Guarda el coche en el garaje y prepárate una buena cama en uno de esos sofás largos. Allí estarás a salvo.

40

Fui la primera en llegar a las oficinas del *Wall Street Weekly* el viernes por la mañana. Ken, Don y yo habíamos quedado a las ocho para repasar todo, antes de mi cita de las nueve y media con Adrian Garner. Llegaron al cabo de pocos minutos, y provistos de cafés entramos en el despacho de Ken y fuimos al grano. Creo que todos opinábamos que el ritmo de los acontecimientos había cambiado, y no solo porque Gen-stone había cerrado sus puertas. Todos sabíamos instintivamente que los acontecimientos se estaban precipitando, y que necesitábamos controlarlos.

Empecé contándoles mi visita al hospital cuando me enteré de que Vivian Powers estaba ingresada, y describí su estado. Después, resultó que también Ken y Don estaban enfocando la investigación desde una perspectiva nueva, pero con conclusiones muy diferentes de las mías.

—Veo desarrollarse una historia que empieza a tener sentido —explicó Ken—, y no es muy bonita. El doctor Celtavini me telefoneó ayer por la tarde y me preguntó si podíamos vernos anoche en su casa. —Nos miró, hizo una pausa y continuó—. El doctor Celtavini está bien relacionado con la comunidad científica de Italia. Hace días recibió un soplo acerca de varios laboratorios sufragados por una fuente desconocida, y que parecen seguir diferentes fases de la investigación de Gen-stone sobre la vacuna contra el cáncer.

Le miré.

—¿Qué fuente desconocida sufragaría eso?

—Nicholas Spencer.

—¡Nicholas Spencer!

—No es el nombre que utiliza allí, por supuesto. De ser cierto, debe significar que Spencer está utilizando el dinero de Gen-stone para financiar la investigación en laboratorios diferentes. Después, finge su desaparición. Gen-stone va a la bancarrota. Nick se consigue una nueva identidad, quizá una cara nueva, y se convierte en propietario único de la vacuna. Tal vez la vacuna es prometedora, después de todo, y falsificó aposta los resultados para destruir la empresa.

—¿Es posible que le hayan visto en Suiza, pues? —me pregunté en voz alta. No puedo creerlo, pensé. No puedo creerlo, así de sencillo.

—Estoy empezando a pensar que no solo es posible, sino probable... —empezó Ken.

—Pero, Ken —protesté, y le interrumpí—. Estoy segura de que Vivian Powers cree que Nicholas Spencer está muerto. Y creo que su relación iba muy en serio.

—Carley, has dicho que estuvo desaparecida cinco días, pero el médico dice que no estuvo en el coche tanto tiempo, porque es imposible. Bien, ¿qué pasó? Hay un par de respuestas a todo eso. O es una gran actriz o, por aventurado que parezca, tiene una personalidad disociativa. Eso explicaría las pérdidas de conciencia y la regresión a los dieciséis años.

Empezaba a sentirme como una voz que clamara en el desierto.

—Yo traigo una teoría muy diferente —dije—. Empecemos desde otro punto de vista, ¿de acuerdo? Alguien robó las notas del doctor Spencer que guardaba el doctor Broderick. Alguien robó las radiografías y la resonancia magnética de la hija de Caroline Summers. Si hay que creer a Vivian, la carta que Caroline Summers escribió a Nick desapareció, y nunca se envió la respuesta que Caroline debía recibir. Vivian me dijo que una de las administrativas se encargaba de ese cometido. Fue muy firme al respecto.

Me estaba animando.

—Vivian también dijo que, después de que desaparecieran las

notas del doctor Spencer, Nick Spencer se volvió muy reservado sobre sus citas y desaparecía de la oficina varios días seguidos.

—Carley, creo que me estás dando la razón —dijo con placidez Ken—. Ha salido a la luz que hizo dos o tres viajes a Europa entre mediados de febrero y el cuatro de abril, cuando su avión se estrelló.

—Pero tal vez Nicholas Spencer estaba empezando a sospechar que alguien de su propia empresa le estaba traicionando —dije—. Escúchame. La sobrina de veinte años de la doctora Kendall, Laura Cox, trabajaba como administrativa en Gen-stone. Me lo dijo ayer Betty, la recepcionista. Le pregunté si era cosa sabida que estaban emparentadas, y me dijo que no. Dijo que un día comentó a Laura Cox que se llamaba igual que la doctora Kendall, y la respuesta fue «Me lo pusieron por ella. Es mi tía». Pero después, se preocupó mucho y rogó a Betty que no se lo dijera a nadie. Al parecer, la doctora Kendall no quería que se conociera su relación.

—¿En qué la iba a perjudicar? —preguntó Don.

—Betty me dijo que una de las normas de la empresa era no aceptar a familiares de sus empleados. La doctora Kendall lo sabía.

—Las empresas de investigación médica no creen en dejar que la mano izquierda sepa lo que hace la derecha —dijo Don para manifestar su acuerdo—. Al permitir que su sobrina entrara como administrativa, la doctora Kendall estaba quebrantando las normas. Pensaba que era más profesional que todo eso.

—Me dijo que trabajó en el Centro de Investigaciones Hartness antes de Gen-stone —dije—. ¿Qué reputación tenía allí?

—Lo investigaré.

Ken tomó nota en su libreta.

—De paso, recuerda que todo lo que has dicho sobre Nicholas Spencer, que arruinó a su empresa a propósito para quedarse con la vacuna, podría aplicarse a alguien más.

—¿A quién?

—A Charles Wallingford, para empezar. ¿Qué sabes sobre él?

Ken se encogió de hombros.

—Sangre azul. No muy eficaz, pero sangre azul a fin de cuentas, y muy orgulloso de ello. Su antepasado fundó la fábrica de muebles como gesto filantrópico para dar empleo a inmigrantes, pero era un hombre de negocios extraordinario. La fortuna familiar declinó en otras parcelas, como ocurre a veces, pero el negocio de muebles era muy sólido. El padre de Wallingford lo expandió. Luego, cuando murió, Charles tomó las riendas y lo arruinó.

—Ayer, cuando estuve en la oficina de Gen-stone, su secretaria se mostró indignada porque sus hijos le demandaran por la venta de la empresa.

Don Carter parecía imperturbable, pero sus ojos se abrieron de par en par ante aquella información.

—Muy interesante, Carley. Vamos a ver qué puedo averiguar al respecto.

Ken estaba haciendo garabatos otra vez. Confié en que fuera una señal de que olfateaba la posibilidad de otra teoría para lo sucedido en Gen-stone.

—¿Has podido averiguar el nombre del paciente que estuvo en el pabellón de curas paliativas de St. Ann? —le pregunté.

—Mi contacto del hospital está en ello. —Hizo una mueca—. Supongo que el nombre del tipo ya habrá aparecido en las páginas necrológicas.

Consulté mi reloj.

—He de irme. Que Dios me perdone si hago esperar al poderoso Adrian Garner. Quizá se ablande y me hable del plan de rescate que Lowell Drexel insinuó ayer.

—Déjame adivinar qué es —sugirió Don—. Con gran fanfarria, el departamento de relaciones públicas de Garner va a anunciar que Garner Pharmaceuticals se quedará con Gen-stone, y como gesto de buena voluntad hacia empleados y accionistas, pagarán ocho o diez centavos por dólar de las cantidades que han perdido. Anunciarán que Garner Pharmaceuticals iniciará de nuevo la lucha interminable por erradicar la plaga del cáncer del universo, etcétera, etcétera, etcétera.

Me levanté.

—Te informaré de cómo van las cosas. Hasta luego.

Vacilé, pero reprimí las palabras que aún no estaba preparada para verbalizar: que Nick Spencer, vivo o muerto, tal vez hubiera sido víctima de una conspiración forjada dentro de su propia empresa, y que otras dos personas se habían visto implicadas en ella, el doctor Philip Broderick y Vivian Powers.

Las oficinas de Garner Pharmaceuticals se hallan en el edificio Chrysler, ese maravilloso monumento del viejo Nueva York situado en Lexington con la calle Cuarenta y dos. Llegué con diez minutos de adelanto, pero apenas había pisado la zona de recepción cuando me acompañaron al sanctasanctórum, el despacho privado de Adrian Garner. Por algún motivo, no me sorprendió ver a Lowell Drexel ya acomodado en él. Sí me sorprendió ver a la tercera persona que ocupaba el despacho: Charles Wallingford.

—Buenos días, Carley —dijo, en plan simpático—. Soy el invitado sorpresa. Teníamos una reunión más tarde, de modo que Adrian tuvo la amabilidad de invitarme a esta entrevista contigo.

De pronto, se materializó en mi mente la imagen de Lynn besando la cabeza de Wallingford y revolviendo su pelo, tal como su secretaria lo había descrito ayer. Creo que siempre había pensado de manera inconsciente que Wallingford era un cero a la izquierda, pero ahora esa imagen mental se reforzó. Si Lynn estaba liada con él, no cabía duda de que era porque quería otra muesca en su cinturón.

Inútil decir que el despacho de Adrian Garner era magnífico. Permitía la vista desde el río East hasta el Hudson, y abarcaba casi todo el centro de Nueva York. Tengo pasión por los muebles bonitos, y juraría que la mesa de biblioteca que dominaba la habitación era una auténtica pieza de Thomas Chippendale. Era un diseño Regencia, pero las cabezas de las figuras egipcias que remataban las columnitas del centro y los lados tenían el mismo aspecto del escritorio que había visto en una gira por museos de Inglaterra.

Me arriesgué y pregunté a Adrian Garner si estaba en lo cierto. Al menos, tuvo la elegancia de no aparentar sorpresa por mis conocimientos sobre muebles antiguos.

—Thomas Chippendale el Joven, señorita DeCarlo —observó. Lowell Drexel fue el único que sonrió.

—Es usted muy observadora, señorita DeCarlo.

—Eso espero. Es mi trabajo.

Como en casi todas las oficinas de nuestros días, había una especie de sala de estar con un sofá y varias butacas, en un extremo de la estancia. Sin embargo, no fui invitada a dirigirme allí. Garner se sentó ante su escritorio de Thomas Chippendale el Joven. Drexel y Wallingford se habían acomodado en butacas de cuero formando un semicírculo de cara a él cuando entré en el despacho. Drexel me indicó que me sentara en la silla que había entre ambos.

Adrian Garner fue al grano de inmediato, algo que, estaba segura, hacía hasta en sueños.

—Señorita DeCarlo, no quería cancelar nuestra cita, pero ya comprenderá que nuestra decisión de cerrar Gen-stone ayer ha acelerado la necesidad de tomar otras decisiones que hemos estado debatiendo.

No iba a ser la entrevista en profundidad que yo había esperado.

—¿Puedo preguntar qué otras decisiones van a tomar, señor Garner?

Me miró a los ojos, y de repente tomé conciencia del formidable poder que emanaba de Adrian Garner. Charles Wallingford era cien veces más apuesto, pero Garner era la verdadera fuerza dinámica de esta habitación. Lo había notado en la comida de la semana pasada, y lo volví a sentir ahora, solo que con mucha más intensidad.

Garner miró a Lowell Drexel.

—Déjeme contestar a esa pregunta, señorita DeCarlo —dijo Drexel—. El señor Garner se siente profundamente comprometido con los miles de personas que invirtieron dinero en Gen-stone, debido a la anunciada decisión de Garner Pharmaceuticals de invertir mil millones de dólares en la empresa. El señor Garner no tiene la menor obligación legal de actuar así, pero ha hecho una oferta que esperamos sea aceptada de muy buen grado. Garner

Pharmaceuticals dará a todos los empleados y accionistas diez centavos por cada dólar que perdieron por culpa del fraude y robo perpetrados en la empresa por Nicholas Spencer.

Era el discurso sobre el que Don Carter me había prevenido, con la leve variación de que Garner había delegado la responsabilidad de pronunciarlo en Lowell Drexel.

Le llegó el turno a Wallingford.

—El anuncio se hará el lunes, Carley. Por eso comprenderás que te pida aplazar tu visita a mi casa. Será un placer reunirme contigo en una fecha posterior, por supuesto.

En una fecha posterior ya no habrá reportaje, pensé. Los tres queréis que esta historia termine lo antes posible.

No estaba dispuesta a rendirme de buenas a primeras.

—Señor Garner, estoy segura de que la generosidad de su empresa será muy agradecida. Por lo que a mí respecta, supongo que en algún momento puedo esperar un cheque por dos mil quinientos dólares, en compensación por los veinticinco mil que perdí.

—Exacto, señorita DeCarlo —confirmó Drexel.

No le hice caso y seguí mirando a Adrian Garner. Él sostuvo mi mirada y asintió. Después, abrió la boca.

—Si eso es todo, señorita DeCarlo...

Le interrumpí.

—Señor Garner, me gustaría saber si usted cree que vieron a Nicholas Spencer en Suiza.

—Nunca hago comentarios para la prensa sin contar con datos precisos. En este caso, como debe saber, carezco de datos precisos.

—¿Tuvo ocasión de conocer a la ayudante de Nicholas Spencer, Vivian Powers?

—No. Todas mis entrevistas con Nicholas Spencer tuvieron lugar en esta oficina, no en Pleasantville.

Me volví hacia Drexel.

—Pero usted estaba en la junta, señor Drexel —insistí—. Vivian Powers era la ayudante personal de Nicholas Spencer. Se habrá encontrado con ella una o dos veces, como mínimo. Se acordaría de ella. Es una mujer muy guapa.

—Señorita DeCarlo, todos los ejecutivos que conozco tienen, como mínimo, una ayudante confidencial, y muchas son atractivas. No tengo por costumbre familiarizarme con ellas.

—¿Ni siquiera siente curiosidad por lo que le pasó?

—Tengo entendido que intentó suicidarse. He oído los rumores de que sostenía una relación sentimental con Spencer, de modo que tal vez el final de la relación, fuera cual fuese el modo, le provocó una grave depresión. Suele pasar. —Se levantó—. Señorita DeCarlo, tendrá que excusarnos. Hemos convocado una conferencia de prensa dentro de cinco minutos.

Creo que me habría sacado a rastras de la silla si hubiera intentado decir otra palabra. Garner no se molestó en levantar su trasero de la butaca.

—Adiós, señorita DeCarlo —dijo en tono risueño.

Wallingford me dio la mano y dijo algo sobre que me reuniera pronto con Lynn, porque necesitaba animarse. Después, Lowell Drexel me acompañó hasta la salida del sanctasanctórum.

La pared más ancha de la zona de recepción albergaba un mapamundi que testimoniaba el impacto global de Garner Pharmaceuticals. Monumentos famosos simbolizaban los países y lugares clave: las Torres Gemelas, la torre Eiffel, el Foro, el Taj Mahal, el palacio de Buckingham. Eran fotografías exquisitas, y transmitía a todos los que miraran el mensaje de que Garner Pharmaceuticals era una multinacional poderosísima.

Me detuve a mirarlo.

—Todavía duele mirar una foto de las Torres Gemelas. Supongo que siempre pasará lo mismo —dije a Lowell Drexel.

—Estoy de acuerdo.

Tenía la mano bajo mi codo. «Piérdete», era el mensaje.

Había una foto en la pared, junto a la puerta, de lo que tomé por los peces gordos de Garner Pharmaceuticals. Si se me hubiera ocurrido dedicarles algo más que un vistazo fugaz, no me habrían concedido la oportunidad. Tampoco pude proveerme de los folletos de propaganda apilados sobre una mesa. Drexel me impelió hasta el pasillo, e incluso se quedó conmigo para asegurarse de que entraba en el ascensor.

Apretó el botón y pareció impacientarse cuando ninguna puerta se abrió como por arte de magia a su contacto. Entonces, llegó un ascensor.

—Adiós, señorita DeCarlo.

—Adiós, señor Drexel.

Era un ascensor expreso, y bajé como un cohete hasta el vestíbulo, esperé cinco minutos, y volví a subir en el mismo ascensor.

Esta vez entré y salí de las oficinas ejecutivas de Garner Pharmaceuticals en cuestión de segundos.

—Lo siento muchísimo —murmuré a la recepcionista—. El señor Garner me pidió que recogiera algunos folletos antes de marchar. —Le guiñé un ojo, de chica a chica—. No digas al gran hombre que me olvidé.

Era joven.

—Prometido —dijo con solemnidad mientras yo cogía los folletos.

Quería estudiar el cuadro de los mandamases de Garner reunidos, pero oí la voz de Charles Wallingford en el pasillo y me alejé a toda prisa. Esta vez, sin embargo, no fui al ascensor, sino que me escondí tras una esquina y esperé.

Un minuto después, me asomé con cautela y vi que Wallingford oprimía con impaciencia el botón de un ascensor. Caramba con la gran reunión en la sala de conferencias, Charles, pensé. Si hay una, tú no estás invitado.

Había sido, como mínimo, una mañana interesante.

Fue una noche todavía más interesante. En el taxi que me devolvía a la oficina, consulté los mensajes de mi móvil. Había uno de Casey. Anoche, cuando vino a mi apartamento, había opinado que era demasiado tarde para telefonear a los ex suegros de Nick Spencer, los Barlowe, a Greenwich. Pero ya había hablado con ellos esta mañana. Estarían en casa a las cinco, y me preguntaba si me iría bien ir a aquella hora. «Estoy libre esta tarde —terminaba Casey—, si quieres, te llevaré en mi coche. Puedo tomar una copa con Vince, que vive al lado, mientras tú estás con los Barlowe. Después, buscaremos un lugar donde cenar.»

Me gustó mucho la idea. Hay cosas que no hace falta verbalizar, pero tuve la sensación, cuando había abierto la puerta a Casey anoche, de que todo había cambiado entre nosotros. Los dos sabíamos adónde nos dirigíamos, y a los dos nos alegraba.

Llamé un momento a Casey, confirmé que me recogería a las cuatro y volví al despacho para empezar a perfilar un borrador preliminar de la biografía de Nicholas Spencer. Tuve una gran idea para el titular: «¿Víctima o estafador?».

Miré una de las fotos más recientes de Nick, tomada poco antes del accidente, y me gustó lo que vi. Era un primer plano y captaba una mirada seria y pensativa, así como una boca firme, que no sonreía. Era el retrato de un hombre que parecía muy preocupado, pero digno de confianza.

Esa era la expresión: *digno de confianza*. No podía imaginar al hombre que tanto me había impresionado aquella noche en la cena, o al que ahora me estaba mirando sin pestañear a los ojos mientras contemplaba la fotografía, mintiendo, engañando, fingiendo su propia muerte en un accidente de aviación.

Esta idea me llevó a pensar en algo que yo había aceptado sin cuestionar. El accidente de avión. Sabía que Nick Spencer dio su posición al controlador aéreo de Puerto Rico tan solo minutos antes de que las comunicaciones se interrumpieran. Debido a la fuerte tormenta, la gente que le creía muerto daba por sentado que el avión había sido alcanzado por un rayo o atrapado por una ráfaga de viento huracanado. La gente que le creía vivo opinaba que había logrado saltar del avión antes del accidente que él mismo había provocado.

¿Existía otra explicación? ¿El mantenimiento del avión era correcto? ¿Había dado señales Spencer de estar enfermo antes de marcharse? La gente sometida a una gran presión, incluso hombres de cuarenta años, pueden sufrir ataques al corazón repentinos.

Descolgué el teléfono. Había llegado el momento de sostener una tranquila entrevista con mi hermanastra, Lynn. La llamé y dije que me gustaría ir a hablar con ella.

—Solo las dos, Lynn.

Estaba a punto de salir y se mostró impaciente.

—Carley, voy a pasar el fin de semana en la casa de invitados de Bedford. ¿Quieres subir el domingo por la tarde? Allí estaremos tranquilas, y tendremos mucho tiempo para hablar.

41

Camino de Bedford, Ned paró a poner gasolina. Después se aprovisionó de gaseosas y pretzels, pan y mantequilla de cacahuete en el chiringuito de la estación de servicio. Era la clase de comida que le gustaba consumir cuando miraba la televisión, mientras Annie mataba el tiempo en el apartamento o en la casa de Greenwood Lake. No le gustaba mucho la televisión, salvo un par de programas como *La rueda de la fortuna*. Solía acertar las preguntas antes que los concursantes.

—Deberías escribirles. Deberías ir al programa —le decía Ned—. Ganarías todos los premios.

—Haría el ridículo. Si supiera que toda esa gente me estaba mirando, sería incapaz de decir una palabra.

—Claro que sí.

—Claro que no.

En los últimos tiempos, a veces, le bastaba con pensar en ella y era como si estuvieran hablando. Por ejemplo, cuando estaba a punto de dejar la gaseosa y la comida sobre el mostrador, oyó que Annie le aconsejaba comprar leche y cereales para la mañana.

—Has de comer bien, Ned —dijo.

Le gustaba que le reprendiera.

Estaba con él cuando paró a poner gasolina y comprar comida, pero el resto del camino de vuelta a Bedford no pudo verla ni sentirla en el coche. Ni siquiera pudo ver ya su sombra, pero tal vez se debía a que había oscurecido.

Cuando llegó a la propiedad de los Spencer, tuvo la cautela de comprobar que no hubiera nadie en la carretera antes de parar ante la puerta de servicio y teclear el código. La noche que prendió fuego a la casa, se había calzado guantes para no dejar huellas dactilares en el panel. Ahora daba igual. Cuando se marchara, todo el mundo sabría quién era y qué había hecho.

Aparcó el coche en el garaje del servicio, tal como había planeado. Había una luz en el techo, pero aunque sabía que no podía verse desde la carretera, no corrió el riesgo de encenderla. Había encontrado una linterna en la guantera del coche de la señora Morgan, pero cuando apagó los faros, descubrió que no la necesitaba. Bastaba con la luz de la luna que entraba por la ventana para ver las pilas de muebles. Se acercó al montón de tumbonas, levantó la de encima y la colocó entre el coche y la pared de los estantes.

Había una palabra para ese tipo de muebles, pero no era butaca y no era sofá.

—¿Cómo se llaman estas cosas, Annie? —preguntó.

—Diván.

Oyó en su cabeza que lo decía.

Los almohadones largos estaban en el estante de arriba, y le costó bastante bajar uno. Era grueso y pesado, pero cuando estuvo colocado sobre el diván, lo probó. Le gustó tanto como su butaca del apartamento. De todos modos, aún no tenía ganas de acostarse, así que abrió la botella de whisky.

Cuando por fin le entró el sueño, hacía frío, de modo que abrió el maletero, desenvolvió el rifle, lo cogió y volvió a dejarlo en su sitio. Le gustaba tener el rifle al lado, y compartió la manta con el arma.

Sabía que estaba a salvo, y se permitió dormir.

—Necesitas dormir, Ned —estaba susurrando Annie.

Cuando despertó, dedujo por las sombras que la tarde ya estaba avanzada. Se levantó, caminó hasta el lado derecho del garaje y abrió la puerta del cubículo que albergaba un lavabo y un váter.

Había un espejo sobre el lavabo. Ned se miró y vio los ojos enrojecidos y la barba incipiente. Se había afeitado no hacía ni un día, y ya le estaba creciendo la barba. Se había aflojado la corbata y el último botón de la camisa antes de acostarse, pero tendría que haberse quitado la ropa. Se veía arrugada y desastrada.

Pero ¿qué más daba?, se preguntó.

Se lavó la cara y volvió a mirarse en el espejo. La imagen era borrosa. En lugar de su cara estaba viendo los ojos de Peg y los ojos de la señora Morgan, desorbitados y asustados, cuando se habían dado cuenta de lo que les iba a pasar.

Después, las imágenes de la señora Schafley y los Harnik también empezaron a insinuarse en el espejo. Sus ojos también estaban asustados. Sabían que algo iba a pasarles. Adivinaban que él iba a por ellos.

Era demasiado temprano para dirigirse a Greenwood Lake. De hecho, decidió que no debería salir del garaje hasta las diez. Así llegaría a su destino a las once y cuarto. Anoche no fue muy inteligente por su parte recorrer una y otra vez los mismos dos o tres kilómetros, a la espera de que los Harnik llegaran a casa. La policía habría podido fijarse en él.

La gaseosa ya no estaba fría, pero daba igual. Los pretzels le habían llenado bastante. Ni siquiera necesitaba el pan y la mantequilla de cacahuetes, ni los cereales. Encendió la radio del coche y sintonizó las noticias. Tanto a las nueve como a las nueve y media no dijeron nada sobre que hubieran encontrado muerta a una despreciable casera de Yonkers. La policía debió de llamar a su puerta, vio que el coche no estaba y pensó que había salido, decidió Ned.

Mañana investigarían más a fondo, sin embargo. Mañana, por otra parte, su hijo tal vez empezaría a preguntarse por qué no le había llamado su madre. Pero eso sería mañana.

A las diez menos cuarto, Ned levantó la puerta del garaje. Hacía frío, pero era la clase de frío agradable que llega después de un día muy soleado. Decidió estirar las piernas unos minutos.

Recorrió el sendero que atravesaba el bosque, hasta que salió al jardín inglés. La piscina estaba al otro lado.

Se paró de repente. ¿Qué era eso?, se preguntó.

Las persianas de la casa de huéspedes estaban bajadas, pero asomaba luz por debajo. Había alguien en la casa.

No podía ser la gente que trabajaba aquí, pensó. Habrían intentado aparcar el coche en el garaje. Procurando guarecerse en las sombras, dejó atrás la piscina, rodeó la hilera de árboles de hoja perenne y avanzó con suma lentitud hacia la casa de invitados. Observó que la persiana de una ventana lateral estaba un poco alzada. Con el mismo sigilo de cuando acechaba en el bosque a las ardillas, se deslizó hasta la ventana.

Vio a Lynn Spencer sentada en el sofá con un vaso en la mano. El mismo tipo al que había visto bajar corriendo por el camino de entrada aquella noche estaba sentado ante ella. No podía oír lo que decían, pero a juzgar por la expresión de sus caras, Ned dedujo que estaban preocupados por algo.

Si su aspecto hubiera sido feliz, habría ido a buscar su rifle y habría acabado con ellos allí mismo. Pero le gustaba que parecieran preocupados. Ojalá pudiera oír lo que decían.

Daba la impresión de que Lynn pensaba quedarse un tiempo. Vestía pantalones y jersey, el tipo de ropa de campo que utilizaban los ricos. «Atuendo informal», esa era la expresión. Annie reía cuando leía sobre ropa «informal»: «Mi ropa sí que es informal, Ned. Tengo uniformes informales para cargar bandejas. Tengo tejanos y camisetas informales para cuando lavo. Y cuando cavo en el jardín solo tengo ropa informal».

Ese pensamiento volvió a entristecerle. Después de perder la casa de Greenwood Lake, Annie tiró a la basura sus guantes y herramientas de jardinería. No quiso escucharle cuando le prometió una y otra vez que le compraría una casa nueva. Lo único que hacía era llorar.

Ned apartó la vista de la ventana. Era tarde. Lynn Spencer no se marcharía. Estaría aquí mañana. Estaba seguro. Era hora de ir a Greenwood Lake y ocuparse de los asuntos de esta noche.

La puerta del garaje no hizo ruido cuando la abrió, y la cancela de la entrada de servicio se abrió en silencio. La gente de la casa de invitados no tenía ni idea de que tenían compañía.

Cuando regresó, tres horas más tarde, aparcó el coche, cerró con llave el garaje y se acostó en el diván, con el rifle al lado. El rifle olía a pólvora quemada, un olor agradable, casi como el humo de una chimenea cuando arde un buen fuego. Pasó un brazo alrededor del rifle, se subió la manta sobre el rifle y él, y lo abrazó hasta que se sintió caliente y a salvo.

42

Reid y Susan Barlowe vivían en una casa de ladrillo blanco estilo Federal,* situada en una encantadora propiedad que bordea el canal de Long Island. Casey recorrió el camino de entrada circular y me dejó delante de la casa a las cinco en punto. Iba a visitar a su vecino, Vince Alcott, mientras yo hablaba con los Barlowe. Pasaría a buscarle cuando terminara.

Reid Barlowe abrió la puerta y me saludó cortésmente, y luego dijo que su esposa estaba en el solario.

—Hay una vista agradable sobre el agua —explicó, mientras me guiaba por el pasillo central.

Cuando entramos, Susan Barlowe estaba depositando una bandeja con una jarra de té helado y tres vasos altos sobre una mesita auxiliar. Nos presentamos, y les pedí que me llamaran Carley. Me sorprendió que fueran tan jóvenes. Aún no habrían cumplido los sesenta. El hombre tenía el pelo salpicado de gris, y su mujer aún conservaba el tono rubio oscuro, con vetas grises. Formaban una pareja alta y hermosa, más bien delgados los dos, de facciones atractivas dominadas por sus ojos. Los de él eran castaños, y los de ella de un gris azulino, pero ambos teñidos de una tristeza persistente. Me pregunté si los restos de dolor que percibí eran por la hija muerta cinco años antes, o por su ex yerno, Nicholas Spencer.

---

* Estilo artístico y arquitectónico desarrollado en Estados Unidos desde 1790 a 1830. *(N. del T.)*

El solario hacía honor a su nombre. El sol de la tarde se filtraba en el interior, y dotaba de más brillo al dibujo de flores amarillas del tapizado que cubría el sofá y las sillas de mimbre. Paredes y suelos de roble blanco, y una jardinera que corría a todo lo largo de los ventanales, completaban la sensación de haber trasladado el exterior al interior.

Insistieron en que me sentara en el sofá que ofrecía una vista panorámica del canal de Long Island. Las dos butacas más cercanas formaban un conjunto ideal para conversar, y se acomodaron en ellas. Acepté con placer un vaso de té helado, y durante un momento guardamos silencio, estudiándonos mutuamente.

Les di las gracias por recibirme y pedí disculpas anticipadas por si alguna pregunta les resultaba violenta o insensible.

Por un momento pensé que iba a tener un problema. Intercambiaron una mirada, y después Reid Barlowe se levantó y cerró la puerta que daba al vestíbulo.

—Por si Jack viene y no le oímos, preferiría que no captara retazos de nuestra conversación —dijo cuando volvió a sentarse.

—No es que Jack fuera a hacerlo a propósito —se apresuró a explicar Susan Barlowe—, pero es que está muy confuso, pobre chico. Adoraba a Nick. Estaba muy triste por lo sucedido, lo llevaba bien, y de repente aparecieron todas esas historias. Ahora quiere creer que está vivo, pero es una espada de doble filo, porque suscita la pregunta de por qué Nick no se ha puesto en contacto con él.

Decidí empezar sin medias tintas.

—Saben que Lynn Spencer y yo somos hermanastras —dije.

Los dos asintieron. Podría jurar que apareció una expresión desdeñosa en sus caras al oír el nombre, pero tal vez creí verlo porque lo estaba esperando.

—La verdad es que solo he estado con Lynn unas pocas veces. No soy ni su abogada ni su detractora —dije—. He venido como periodista para averiguar todo lo que pueda acerca de su opinión sobre Nick Spencer.

Expliqué cómo había conocido a Nick y describí mi propia impresión.

Hablamos durante más de una hora. Era evidente que querían a Nicholas Spencer. Los seis años que había estado casado con su hija Janet habían sido perfectos. Cuando le diagnosticaron el cáncer, él estaba pensando transformar su empresa de suministros médicos en una firma de investigaciones farmacéuticas.

—Cuando Nick supo que Janet estaba enferma y tenía pocas posibilidades, casi se obsesionó —dijo Susan Barlowe en un susurro.

Buscó sus gafas de sol en el bolsillo, y dijo algo acerca de que la luz era muy intensa. Creo que no quería que yo viera las lágrimas que se esforzaba por reprimir.

—El padre de Nick había estado intentando desarrollar una vacuna contra el cáncer —continuó—. Estoy segura de que usted ya lo sabe. Nick se había llevado las notas de su difunto padre y empezado a estudiarlas. Para entonces, había acumulado muchos conocimientos, debido a su enorme interés en la microbiología. Pensaba que su padre había estado a punto de descubrir una cura, y decidió recaudar dinero para fundar Gen-stone.

—¿Invirtieron ustedes en Gen-stone?

—Sí. —Fue Reid Barlowe quien continuó—. Y volvería a hacerlo. Pasara lo que pasase, no fue porque Nick nos engañara a nosotros o a quien fuera.

—Después de la muerte de su hija, ¿continuaron siendo íntimos de Nick?

—Por supuesto. Si apareció alguna tensión, fue después de casarse con Lynn. —Los labios de Reid Barlowe se tensaron en una estrecha línea—. Le juro que el parecido físico de Lynn con Janet fue el factor determinante de que se sintiera atraído hacia ella. La primera vez que la trajo aquí supuso un golpe para mi mujer y para mí. Tampoco fue bueno para Jack.

—¿Jack tenía seis años en aquel tiempo?

—Sí, y se acordaba muy bien de su madre. Después de que Nick y Lynn se casaran y Jack viniera aquí a vernos, se mostró cada vez más reticente a volver a casa. Por fin, Nick sugirió que le matriculáramos en un colegio de aquí.

—¿Por qué Nick no se separó de Lynn?

—Creo que a la larga lo habría hecho —dijo Susan Barlowe—, pero Nick estaba tan inmerso en el desarrollo de la vacuna, que las preocupaciones sobre su matrimonio, o sobre su fracaso, pasaron a un segundo plano. Durante un tiempo estuvo muy preocupado por Jack, pero en cuanto el niño empezó a vivir con nosotros y se mostró más feliz, Nick se concentró únicamente en Gen-stone.

—¿Llegaron a conocer a Vivian Powers?

—No —dijo Reid Barlowe—. Hemos leído las noticias, por supuesto, pero Nick nunca nos habló de ella.

—¿Alguna vez insinuó Nick que había un problema en Gen-stone más grave que el fracaso de muchos fármacos prometedores en las últimas fases de prueba?

—No cabe duda de que Nick estuvo muy preocupado todo el año pasado. —Reid Barlowe miró a su mujer, y esta asintió—. Me confió que había pedido dinero prestado con la garantía de sus acciones de Gen-stone, porque creía que eran necesarias más investigaciones.

—¿Pidió dinero prestado con la garantía de sus acciones, pero no de los fondos de la empresa? —pregunté al instante.

—Sí. No padecemos problemas económicos, señorita DeCarlo, y el mes anterior al accidente de avión, Nick pidió un préstamo personal para investigaciones posteriores.

—¿Se lo concedió?

—Sí. No le diré cuánto, pero por eso creo que, si Nick se apoderó de todo el dinero de la empresa, fue porque lo estaba gastando en investigación, y no porque pensara metérselo en el bolsillo.

—¿Cree que está muerto?

—Sí. Nick no era un hipócrita, y jamás habría abandonado a su hijo. —Reid alzó una mano a modo de advertencia—. Creo que Jack acaba de entrar. Le han acompañado después del entrenamiento de fútbol.

Oí pies que corrían por el pasillo, y luego se detenían ante la puerta cerrada. El niño miró a través de las cristaleras, y luego levantó la mano para llamar. Reid Barlowe le indicó con un ademán que entrara y se levantó para abrazarle.

Era un niño esquelético de pelo puntiagudo y enormes ojos grisazulados. Cuando nos presentaron, la amplia sonrisa dedicada a sus abuelos se convirtió en otra, tímida y dulce.

—Encantado de conocerla, señorita DeCarlo —dijo.

Sentí un nudo en la garganta. Recordé a Nick Spencer diciendo, «Jack es un gran chico». Tenía razón. Saltaba a la vista que era un gran chico. Tenía la edad que hubiera tenido mi Patrick si hubiera vivido.

—Abuelo, Bobby y Peter me han preguntado si puedo ir a dormir a su casa. ¿Me das permiso? Hay pizza. Su madre dice que por ella no hay ningún problema, más bien lo contrario.

Los Barlowe intercambiaron una mirada.

—Si prometéis que no os iréis a dormir muy tarde —dijo Susan Barlowe—. No olvides que mañana has de entrenar temprano.

—Lo prometo —dijo muy serio—. Gracias, abuelo. Les dije que llamaría enseguida si me dabais permiso. —Se volvió hacia mí—. Ha sido un placer conocerla, señorita DeCarlo.

Caminó con parsimonia hasta la puerta, pero en cuanto salió al pasillo, oímos que se ponía a correr. Miré a sus abuelos. Los dos sonreían. Reid Barlowe se encogió de hombros.

—Como puede ver, para nosotros es la segunda oportunidad, Carley. La broma es que Bobby y Peter son gemelos, pero sus padres solo son un par de años más jóvenes que nosotros.

Pensé que debía hacer una observación.

—Pese a todo lo que le ha pasado, Jack parece un niño muy bien adaptado, lo cual significa todo un tributo para ustedes.

—Tiene días malos, por supuesto —dijo Reid Barlowe en voz baja—. Pero no es de extrañar. Estaba muy unido a Nick. Es la incertidumbre sobre todo lo que podría destruirle. Es un crío inteligente. La foto de Nick, así como miles de artículos sobre él, han aparecido en todos los periódicos y en la televisión. Un día, Jack intenta asimilar la muerte de su padre, y al siguiente se entera de que le han visto en Suiza. Entonces, empieza a fantasear con que Nick saltó en paracaídas del avión antes de que se estrellara.

Hablamos unos minutos más, y después me levanté para irme.

—Han sido ustedes muy amables —dije—, y prometo que

cuando les vea el domingo seré una invitada más, no una periodista.

—Me alegro de que hayamos podido hablar con tranquilidad —dijo Susan Barlowe—. Consideramos absolutamente necesario que nuestra opinión sea divulgada. Nicholas Spencer fue un hombre honrado y un científico devoto. —Vaciló—. Sí, le llamaré científico, aunque no estuviera doctorado en microbiología. Lo que pasó en Gen-stone no fue culpa suya.

Los dos me acompañaron a la puerta.

—Carley —dijo Susan, cuando su marido la abrió—, acabo de caer en la cuenta de que no le he preguntado por Lynn. ¿Ya se ha recuperado del todo?

—Más o menos.

—Tendría que haberme puesto en contacto con ella. La verdad, no me cayó bien desde el principio, pero siempre le estaré agradecida. ¿Le dijo que Nick pensaba llevarse a Jack con él en el viaje a Puerto Rico, y que fue ella quien le convenció de que cambiara de planes? Jack se llevó una terrible decepción, pero si hubiera ido con Nick ese día, habría estado en el avión cuando se estrelló.

43

Los amigos de Casey, Vince y Julie Alcott, me cayeron bien de inmediato. Vince y Casey habían ido juntos a clase en la facultad de medicina John Hopkins.

—Nunca sabré cómo Julie y yo tuvimos la valentía de casarnos cuando yo estaba todavía en la facultad —dijo Vince con una carcajada—. No puedo creer que este domingo vayamos a cumplir nuestro décimo aniversario de bodas.

Tomé con ellos una copa de vino. Tuvieron el tacto de no preguntarme por mi visita a los vecinos. Lo único que dije fue que los Barlowe eran muy agradables y que me había gustado mucho conocer a Jack.

Creo que, de todos modos, Casey se dio cuenta de que estaba muy preocupada, porque al cabo de unos minutos se levantó.

—Despedí a los invitados que se van —dijo—. Sé que Carley ha de trabajar en su columna, y tenemos ganas de volver el domingo.

Regresamos a Manhattan en un silencio casi total, pero a las siete y cuarto, cuando nos acercábamos al centro, Casey habló.

—Has de comer, Carley. ¿Qué te apetece?

Aunque no había pensado en ello, me di cuenta de que tenía un hambre feroz.

—Una hamburguesa. ¿Te va bien?

P. J. Clarke's, el famoso restaurante antiguo de Nueva York en la Tercera Avenida, había reabierto sus puertas hacía poco, después de una remodelación total. Paramos allí.

—Estás muy preocupada, Carley —dijo Casey después de pedir nuestros platos—. ¿Quieres hablar de ello?

—Aún no —dije—. Todavía está dando vueltas en mi cabeza.

—¿Conocer a Jack te ha afectado?

La voz de Casey era cariñosa. Sabe que ver a un niño de la edad que Patrick tendría hoy me parte el corazón.

—Sí y no. Es un crío muy simpático. —Cuando llegaron nuestras hamburguesas, dije—: Tal vez sea mejor que lo hablemos. El problema es que estoy sumando dos y dos, y el resultado es muy malo y un poco aterrador.

El sábado por la mañana, Ned encendió la radio del coche. Acababan de empezar las noticias de las siete. Mientras escuchaba, empezó a sonreír. En Greenwood Lake, Nueva Jersey, tres residentes habían sido asesinados a tiros mientras dormían. La policía decía que sus muertes se creían relacionadas con el asesinato a tiros de la señora Elva Morgan, de Yonkers, Nueva York. Su inquilino, Ned Cooper, había sido propietario de una casa en Greenwood Lake, y se sabía que había amenazado recientemente a las víctimas. El informe continuaba diciendo que Cooper también era sospechoso de la muerte de Peg Rice, la empleada de una farmacia que había muerto a tiros cuatro noches antes. Se estaban llevando a cabo las pruebas de balística. Se creía que Cooper conducía una camioneta marrón Ford de ocho años, o bien un Toyota negro de modelo reciente. Se le consideraba armado y peligroso.

Eso es lo que soy, pensó Ned: armado y peligroso. ¿Debía ir a la casa de invitados ahora y acabar con Lynn Spencer y su novio, si todavía seguía con ella?, se preguntó. No, quizá no. Aquí estaba a salvo. Tal vez esperaría. Aún tenía que imaginar una forma de liquidar a la hermanastra de Spencer, Carley DeCarlo.

Después, Annie y él podrían descansar, y todo habría terminado, de no ser por el último detalle, cuando se quitara los zapatos y los calcetines, y se tendiera en la tumba de Annie, con el rifle bien cerca.

Había una canción que a Annie le gustaba tararear: «Espera al último baile»...

Ned sacó el pan y la mantequilla de cacahuete del coche, y mientras se preparaba un bocadillo empezó a tararear esa canción. Después, sonrió cuando Annie le siguió.

«Espera... al... último... baile.»

45

El sábado por la mañana dormí hasta las ocho; cuando desperté me sentí mejor en el sentido de que había sido una semana atareada y emocional, y necesitaba descansar. Tenía la cabeza despejada, pero eso no me ayudaba a sentirme mejor respecto a lo que había averiguado. Estaba llegando a una conclusión que, con todo mi corazón, deseaba que fuera errónea.

Mientras preparaba café, encendí el televisor para ver las noticias, y me enteré de los asesinatos que habían dejado cinco muertos durante los últimos días.

Después, oí la palabra «Gen-stone», y escuché con creciente horror los detalles de la tragedia. Oí que Ned Cooper, residente en Yonkers, había vendido su casa de Greenwood Lake sin que su mujer lo supiera e invertido el dinero en Gen-stone. Averigüé que ella había muerto en un accidente el día que se enteraron de que sus acciones no valían nada.

Una foto de Cooper apareció en la pantalla. Le conozco, pensé. ¡Le conozco! Le he visto en algún sitio hace poco. ¿Fue en la asamblea de accionistas?, me pregunté. Era posible, pero no estaba segura.

El locutor dijo que la difunta esposa de Cooper había trabajado en el hospital de St. Ann en Mount Kisco, y que él había sido tratado de problemas psiquiátricos allí durante años, aunque de manera intermitente.

El hospital de St. Ann. ¡Fue allí donde lo vi! Pero ¿cuándo? Estuve en St. Ann tres veces: el día después del incendio, unos días más tarde y cuando hablé con la directora del pabellón de curas paliativas.

Apareció el escenario de los hechos en Greenwood Lake, acordonado por la policía.

—La casa de Cooper se alzaba entre los hogares de los Harnik y la señora Schafley —estaba diciendo el locutor—. Según los vecinos, estuvo aquí hace dos días y acusó a las víctimas de conspirar para deshacerse de él, sabiendo que su esposa no le habría permitido vender la casa si la hubieran alertado de sus planes.

A continuación, apareció el escenario de los hechos en Yonkers.

—El hijo de Elva Morgan contó entre lágrimas a la policía que su madre tenía miedo de Ned Cooper, y le había dicho que debía dejar libre el apartamento el 1 de junio.

Durante toda la transmisión, la foto de Cooper ocupaba un rincón de la pantalla. Seguí estudiándola. ¿Cuándo le había visto en St. Ann?, me pregunté.

El presentador continuó.

—Hace tres noches, Cooper fue el penúltimo cliente de la farmacia Brown, antes de que cerrara. Según William Garret, un estudiante universitario que estaba detrás de él en la caja registradora, Cooper había comprado varias pomadas y ungüentos para su mano derecha quemada, y se puso nervioso cuando la dependienta, Peg Rice, le preguntó por ella. Garret afirma sin la menor duda que Cooper estaba sentado en su coche delante de la tienda cuando él salió de la farmacia, a las diez en punto.

¡Su mano derecha quemada! ¡Cooper tenía una quemadura en la mano derecha!

Vi a Lynn en el hospital por primera vez el día después del incendio. Un reportero de Channel 4 me entrevistó, pensé. Fue allí donde vi a Cooper. Estaba obervándome. Estoy segura.

¡Su mano derecha quemada!

Algo me decía que le había visto otra vez, pero supuse que ahora no era importante. Conocía a Judy Miller, una de las productoras de Channel 4, y la telefoneé.

—Judy, creo recordar que vi a Ned Cooper en la puerta del

hospital de St. Ann el día después de que ardiera la mansión de los Spencer —le dije—. ¿Guardas todavía los descartes de mi entrevista del 22 de abril? Tal vez aparezca Cooper en ellos.

Después, llamé a la oficina del fiscal del distrito del condado de Westchester y pedí que me pusieran con el detective Crest, de la brigada antipirómanos.

—Preguntamos en el servicio de urgencias de St. Ann —dijo cuando le expliqué por qué llamaba—, y Cooper no fue tratado allí, pero le conocían bien en el hospital. Quizá no pasó por urgencias. Te informaremos de lo que averigüemos, Carley.

Fui cambiando de canal, y reuní diversas informaciones sobre Cooper y su mujer, Annie. Decían que se le había partido el corazón cuando él vendió la casa de Greenwood Lake. Me pregunté hasta qué punto habría contribuido a su accidente la noticia de que las acciones de Gen-stone no valían nada ¿Era una simple coincidencia que el anuncio se hubiera producido el día de su muerte?

A las nueve y media, Judy volvió a llamarme.

—Tenías razón, Carley. La cámara enfoca a Ned Cooper frente al hospital el día que te entrevistamos.

A las diez, llamó el detective Crest.

—El doctor Ryan, de St. Ann, vio a Cooper en el vestíbulo el martes por la mañana, el 22, y advirtió una grave quemadura en la mano. Cooper afirmó que se había quemado con los fogones. El doctor Ryan le extendió una receta.

Me sentía fatal por las víctimas de Cooper, pero al mismo tiempo sentía pena por el asesino. A su trágica manera, su mujer y él también habían sido víctimas del fracaso de Gen-stone.

Pero había otra persona que ya no podía seguir siendo víctima de las circunstancias.

—Marty Bikorsky no prendió fuego a la casa de los Spencer —dije al detective Crest.

—Extraoficialmente, vamos a reabrir la investigación —contestó—. Habrá una declaración a última hora de la mañana.

—Que sea oficial —repliqué—. ¿Por qué no dejar claro que Martin Bikorsky es inocente?

A continuación, llamé a Marty. Había estado viendo las noticias y hablando con su abogado. Percibí la esperanza y el entusiasmo en su voz.

—Carley, este chiflado tiene una quemadura en la mano. Al menos, existirán dudas razonables en mi juicio. Eso me ha dicho mi abogado. Oh, Dios, Carley, ¿sabes lo que esto significa?

—Sí.

—Te has portado de maravilla, pero debo decirte que me alegro de no haber admitido a la policía que estuve en Bedford la noche del incendio. Mi abogado todavía opina que les habría servido en bandeja mi culpabilidad.

—Yo también me alegro de que no lo hicieras, Marty —contesté.

Lo que no le dije fue que mis motivos eran diferentes de los suyos. Quería hablar con Lynn antes de que se supiera que había un coche aparcado dentro de la finca.

Convinimos en seguir en contacto, y luego formulé la pregunta que más temía.

—¿Cómo está Maggie?

—Come mejor, y eso le proporciona cierta energía. Quién sabe, tal vez la conservemos más tiempo del que dicen los médicos. Seguimos rezando para que se obre un milagro. No olvides rezar por ella tú también.

—Ni lo dudes.

—Porque si consigue aguantar, tal vez encuentren la cura algún día.

—Estoy segura, Marty.

Cuando colgué el teléfono, me acerqué a la ventana y miré fuera. No gozo de una gran vista desde mi apartamento. Veo la hilera de casas reconvertidas al otro lado de la calle, pero ya no las veía. Mi mente estaba invadida por la imagen de Maggie, a sus cuatro años, y el terrible pensamiento de que, por pura codicia, algunas personas habían puesto trabas al desarrollo de la vacuna contra el cáncer.

46

El sábado, Ned escuchó las noticias por la radio, más o menos cada hora. Estaba contento de que Annie le hubiera convencido ayer de comprar comida. Ahora habría sido peligroso ir a una tienda. Estaba seguro de que su fotografía aparecía en la televisión y en internet.

«Armado y peligroso.» Eso era lo que decían.

A veces, después de comer, Annie se estiraba en el sofá y caía dormida, y él la abrazaba. Annie despertaba y, por un momento, parecía sobresaltada. Después, reía y decía: «Ned, eres peligroso».

Pero no era lo mismo que ahora.

La leche se había agriado porque no tenía nevera, pero no le importó comer los cereales secos. Desde que disparara contra Peg, había empezado a recuperar el apetito. Era como si una gran piedra alojada en su interior estuviera empezando a disolverse. De no haber contado con los cereales, el pan y la mantequilla de cacahuete, habría ido a la casa de invitados, liquidado a Lynn Spencer y cogido comida de la cocina. Hasta habría podido marcharse en su coche, sin que nadie se enterara.

Pero si su novio volvía y la encontraba, sabrían que el coche había desaparecido. La policía lo buscaría por todas partes. Era llamativo y costaba un montón de dinero. Sería fácil localizarlo.

—Espera, Ned —le estaba diciendo Annie—. Descansa un rato. No hay prisa.

—Lo sé —susurró.

A las tres, después de dormitar durante un par de horas, decidió salir. Había poco espacio para pasear en el garaje, y tenía entumecidos el cuello y las piernas. El garaje tenía una puerta lateral, próxima al coche. La abrió muy despacio y prestó oídos. No había nadie en esta parte de la propiedad. Tendría que haber imaginado que Lynn Spencer nunca se acercaba por aquí. No obstante, por si surgían problemas, se llevó el rifle.

Fue por detrás de la caseta hasta los árboles que impedían ver la piscina desde la casa de invitados. Ahora que habían brotado todas las hojas, nadie le vería aunque miraran en esa dirección.

Él podía ver la casa entre las ramas. Las persianas estaban subidas, y un par de ventanas abiertas. El descapotable plateado de Spencer estaba en el camino de entrada. La capota estaba bajada. Ned se sentó en el suelo con las piernas cruzadas. Estaba un poco húmedo, pero no le importó.

Como el tiempo no significaba nada para él, no estuvo seguro de cuánto rato había transcurrido cuando oyó que la puerta de la casa se abría y Lynn Spencer salía. Mientras Ned observaba, la mujer cerró la puerta y caminó hacia el coche. Vestía pantalones negros y una blusa blanca y negra. Tenía aspecto elegante. Tal vez iba a encontrarse con alguien para tomar una copa y comer. Subió al coche y puso en marcha el motor. Apenas hizo ruido, y tras rodear los restos de la mansión, se alejó.

Ned esperó tres o cuatro minutos, hasta asegurarse de que se había marchado, cruzó a toda prisa el terreno despejado y corrió hasta el lado de la casa. Se desplazó de ventana a ventana. Todas las persianas estaban subidas, y por lo que pudo ver, la casa estaba vacía. Intentó forzar las ventanas laterales, pero estaban cerradas con llave. Si quería entrar, tenía que arriesgarse y hacerlo por una ventana delantera, lo cual significaba que cualquiera podría verle desde el camino de entrada.

Sacrificó tiempo para frotarse las suelas de los zapatos en el camino de entrada, con el fin de no manchar el antepecho de la ventana ni los suelos de la casa. Después, con un veloz movimiento, empujó hacia arriba la ventana delantera izquierda, apoyó el rifle contra la casa y se izó. Cuando pasó una pierna por encima del antepecho, recuperó el rifle y, una vez dentro, dejó la ventana bajada como antes.

Comprobó que no había tierra en el antepecho, y que sus zapatos no hubieran dejado marcas en el suelo o las alfombras. Registró a toda prisa la casa. Las dos habitaciones de arriba estaban vacías. Se encontraba solo, pero sabía que no podía contar con que Lynn Spencer estuviera ausente mucho rato, pese a la elegancia de su atavío. Podría haber olvidado algo y regresar en el último momento.

Estaba en la cocina cuando el timbre agudo del teléfono provocó que aferrara el rifle y apoyara el dedo en el gatillo. El teléfono sonó tres veces, hasta que el contestador automático se conectó. Ned abrió y cerró cajones del armario mientras escuchaba el mensaje grabado. Después, una voz de mujer dijo: «Lynn, soy Carley. Esta noche voy a redactar un borrador del artículo y quería hacerte una pregunta rápida. Intentaré localizarte más tarde. Si no, mañana nos veremos a las tres en Bedford. Si has cambiado de planes y piensas volver a Nueva York, llámame. Mi número de móvil es el 917 555 8420».

Carley DeCarlo iba a venir al día siguiente, pensó Ned. Por eso Annie le había aconsejado que esperara y descansara hoy. Mañana, todo habría terminado.

—Gracias, Annie —dijo Ned.

Decidió que debía volver al garaje, pero antes tenía que encontrar algo.

Casi todo el mundo guardaba un segundo juego de llaves de la casa, pensó.

Las encontró por fin, en el penúltimo cajón que abrió. Estaban en un sobre. Sabía que estarían en algún sitio. Los caseros debían tener una llave cada uno. Había dos juegos de llaves en dos sobres diferentes. En un sobre estaba escrito «Casa de invitados», y en el otro «Caseta de la piscina». Le daba igual la caseta, así que solo se llevó las llaves de la casa.

Abrió la puerta de atrás y comprobó que una de las llaves encajaba en la cerradura. Solo quedaban un par de cosas más que deseara hacer antes de regresar al garaje. Había seis latas de Coca-

Cola y gaseosa, y seis botellas de agua en la nevera, en paquetes de dos. Quería llevárselas, pero sabía que la mujer se daría cuenta si algo faltaba. Pero descubrió que uno de los armaritos superiores contenía cajas de galletas saladas, bolsas de patatas y pretzels, y latas de nueces. No creía que las echara en falta.

El bar también estaba lleno. Había cuatro botellas de whisky sin abrir. Ned sacó una del fondo. Nadie sabría que faltaba, a menos que sacaran del todo el cajón. Todas eran de la misma marca.

Para entonces, ya experimentaba la sensación de llevar mucho tiempo en la casa, aunque solo habían transcurrido unos minutos. Aun así, se demoró en una cosa más. Por si hubiera alguien en la cocina cuando volviera, dejaría una ventana lateral sin cerrar con llave en la sala de la televisión.

Mientras recorría a toda prisa el pasillo, los ojos de Ned se movieron desde el suelo a la escalera, para asegurarse de que no había dejado pisadas comprometedoras. Como Annie solía decir, «Cuando quieres eres limpio, Ned».

Una vez abierta la ventana del estudio, se dirigió a la cocina a grandes zancadas, y después, con la botella de whisky y la caja de galletitas bajo el brazo, abrió la puerta posterior. Antes de cerrarla, echó un vistazo al interior. La luz roja parpadeante del contestador automático llamó su atención.

—Hasta mañana, Carley —dijo en voz baja.

47

Mantuve bajo el volumen del televisor toda la mañana, y solo lo subía cuando oía alguna nueva información sobre Ned Cooper o sus víctimas. Hubo un fragmento especialmente conmovedor sobre su mujer, Annie. Varios de sus compañeros de trabajo en el hospital hablaron de que recordaban su energía, su dulzura con los pacientes, su proclividad a trabajar horas extra cuando la necesitaban.

Vi evolucionar su historia con tristeza creciente. Había cargado bandejas todo el día, cinco o seis días a la semana, y luego volvía al apartamento alquilado de un barrio miserable donde vivía con un marido desequilibrado. La única alegría de su vida parecía haber sido la casa de Greenwood Lake. Una enfermera habló de eso.

—Annie ardía en deseos de empezar a trabajar en su jardín cuando llegaba la primavera —declaró—. Había traído fotos, y cada año era diferente y hermoso. Le decíamos en broma que estaba perdiendo el tiempo aquí. Le dijimos que debería trabajar en un invernadero.

Nunca contó a nadie del hospital que Ned había vendido la casa, pero una vecina a la que entrevistaron dijo que Ned se había jactado de poseer acciones de Gen-stone, y dijo que iba a comprar una mansión a Annie como la que el jefe de Gen-stone tenía en Bedford.

Ese comentario me envió corriendo al teléfono para llamar otra vez a Judy y pedir que me enviara una copia de esa entrevista, además de la mía. Aportaba un vínculo más entre Ned Cooper y el incendio de Bedford.

Seguí pensando en Annie mientras enviaba mi columna a la revista por correo electrónico. Estaba segura de que la policía estaría investigando las bibliotecas, enseñando la foto de Ned, para saber si era el tipo que había enviado los correos electrónicos. En ese caso, se había colocado en el escenario del incendio. Decidí llamar al detective Clifford a la comisaría de policía de Bedford. Con él había hablado la semana pasada de los correos electrónicos.

—Estaba a punto de llamarla, señorita DeCarlo —dijo—. Los bibliotecarios han confirmado que Ned Cooper era el hombre que utilizaba sus ordenadores, y nos estamos tomando muy en serio el mensaje sobre lo de que se preparara para el día del Juicio Final. En uno de los otros dos dijo algo acerca de que usted no había contestado en la columna a una pregunta de su mujer, lo cual nos lleva a pensar que se ha obsesionado con usted.

Inútil decir que no era un pensamiento agradable.

—Quizá debería solicitar protección policial hasta que cacemos a ese tipo —sugirió el detective Clifford—, aunque puedo decirle que hace una hora, un camionero que se encontraba en un área de descanso de Massachusetts vio un Toyota negro conducido por un hombre que podría ser Cooper. Está seguro de que la matrícula era de Nueva York, aunque no vio los números, y parece que estamos sobre una buena pista.

—No necesito protección —me apresuré a decir—. Ned Cooper no sabe dónde vivo, y de todos modos, estaré fuera casi todo el día de hoy y mañana.

—Solo por precaución, telefoneamos a la señora Spencer a Nueva York, y ella nos devolvió la llamada. Se quedará en la casa de invitados hasta que le detengamos. Le dijimos que es improbable que Cooper vuelva a aparecer por allí, pero por si acaso tenemos vigiladas las carreteras cercanas a su propiedad.

Prometió llamar si se producían noticias más concretas sobre Cooper.

Me había traído el grueso expediente de Nick Spencer de la oficina para el fin de semana, y en cuanto colgué el teléfono, lo abrí. Lo que me interesaba en este momento eran los informes sobre el accidente de avión, desde los primeros titulares a las breves referencias aparecidas en artículos sobre las acciones y la vacuna.

Subrayaba mientras leía. Los informes eran escuetos. El viernes 4 de abril, a las dos de la tarde, Nicholas Spencer, un piloto avezado, había despegado en su avión privado del aeropuerto del condado de Westchester en dirección a San Juan de Puerto Rico. Pensaba asistir a un seminario de negocios durante el fin de semana, para regresar el domingo a última hora de la tarde. La previsión meteorológica era de lloviznas en la zona de San Juan. Su esposa le había dejado en el aeropuerto.

Un cuarto de hora antes de aterrizar en San Juan, el avión de Spencer desapareció de la pantalla del radar. No había señales de que tuviera problemas, pero las lloviznas habían dado paso a una intensa tormenta, con gran aparato eléctrico en la zona. Se especulaba con que el avión había sido alcanzado por un rayo. Al día siguiente, empezaron a llegar a la orilla restos de su avión.

El nombre del mecánico que había inspeccionado el avión antes del despegue era Dominick Salvio. Después del accidente, había dicho que Nicholas Spencer era un piloto experto que había volado en circunstancias meteorológicas difíciles en ocasiones anteriores, pero el avión podía haber sido alcanzado por un rayo.

Después de que estallara el escándalo, empezaron a aparecer preguntas sobre el vuelo en los periódicos. ¿Por qué no había utilizado Spencer el avión de Gen-stone, como solía hacer en viajes relacionados con la empresa? ¿Por qué el número de llamadas telefónicas efectuadas y recibidas en su móvil había experimentado un descenso tan drástico en las últimas semanas? Después, al no recuperarse su cadáver, las preguntas cambiaron de tono. ¿El accidente había sido fingido? ¿Estaba en el avión cuando se estrelló? Siempre iba en su coche al aeropuerto. El día antes de partir a Puerto Rico, había pedido a su mujer que le dejara en el aeropuerto. ¿Por qué?

Llamé al aeropuerto de Westchester. Dominick Salvio estaba trabajando. Me pusieron con él y averigüé que su turno finalizaba a las dos. Accedió de mala gana a que le entrevistara durante un cuarto de hora en la terminal.

—Solo un cuarto de hora, señorita DeCarlo —dijo—. Mi hijo tiene hoy un partido de la liga infantil y quiero ir a verlo.

Consulté el reloj. Eran las doce menos cuarto, y aún estaba en bata. Para mí, uno de los grandes lujos de los sábados por la mañana, aunque esté trabajando ante mi escritorio, consiste en ducharme y vestirme sin la menor prisa. Pero había llegado el momento de ponerse en acción. No tenía ni idea del tráfico que podía encontrar, y quería concederme una hora y media para llegar al aeropuerto de Westchester.

Quince minutos después, gracias al ruido del secador, casi no oí el teléfono, pero salí corriendo a descolgarlo. Era Ken Page.

—He encontrado a nuestro paciente canceroso, Carley —dijo.

—¿Quién es?

—Dennis Holden, un ingeniero de treinta y ocho años que vive en Armonk.

—¿Cómo está?

—No lo dijo por teléfono. Se resistió bastante a hablar conmigo, pero le convencí, y al final me invitó a ir a su casa.

—¿Y yo qué? —pregunté—. Ken, prometiste...

—Espera. Me costó lo mío, pero al final también te recibirá a ti. Podemos elegir: hoy o mañana a las tres. No hay mucho tiempo para pensar, pero ¿te va bien? Yo me acomodaré a tus horarios. He de llamarle ahora mismo.

Mañana me había citado con Lynn a las tres, y no quería cambiarlo.

—Hoy es perfecto —dije a Ken.

—Estoy seguro de que vas viendo las noticias sobre ese tal Cooper. Cinco personas muertas porque las acciones de Gen-stone se fueron al traste.

—Seis —le corregí—. Su mujer también fue una víctima de él.

—Sí, tienes razón. Bien, llamaré a Holden, le diré que iremos después, preguntaré cómo se va a su casa y vuelvo a llamarte.

Ken telefoneó unos minutos después. Apunté la dirección y el número de teléfono de Dennis Holden, terminé de secarme el pelo, me apliqué una leve capa de maquillaje, elegí un traje pantalón azul acero (otra de mis compras de rebajas del verano pasado) y me marché.

Teniendo en cuenta todo lo que había averiguado sobre Ned Cooper, miré a mi alrededor con mucha cautela cuando abrí la puerta exterior. Estos edificios antiguos tienen portales altos y estrechos, lo cual significa que si alguien quisiera apuntar, sería un blanco muy fácil. Pero el tráfico avanzaba con celeridad. Había bastante gente andando por la acera, y no vi a nadie sentado en los coches aparcados delante de casa. No parecía existir ningún peligro.

Aun así, bajé corriendo la escalera y caminé a buen paso hasta mi garaje, a tres manzanas de distancia. Mientras andaba, me mezclé entre la gente de la calle, sintiéndome culpable en todo momento. Si Ned Cooper me tenía a tiro, estaba exponiendo a otros al peligro.

El aeropuerto del condado de Westchester está situado en el límite de Greenwich, el pueblo que había visitado menos de veinticuatro horas antes, y al que volvería mañana con Casey para cenar con sus amigos. Sabía que el aeropuerto había empezado siendo un soñoliento campo de aviación creado para la comodidad de los ricos residentes de la zona circundante. Ahora, sin embargo, era una terminal importante, elegida por miles de viajeros, incluyendo gente que no se contaba entre los privilegiados de la sociedad.

Dominick Salvio se encontró conmigo en el vestíbulo de la terminal a las dos y cuatro minutos. Era un hombre corpulento de cándidos ojos castaños y sonrisa fácil. Tenía el aire de una persona que sabía muy bien quién era y adónde iba. Le di mi tarjeta y le expliqué que respondía al nombre de Carley.

—Marcia DeCarlo y Dominick Salvio se han convertido en Carley y Sal —comentó—. Vivir para ver.

Como sabía que los segundos volaban, no perdí ni un momento y fui al grano. Me sinceré por completo con él. Le dije que estaba haciendo el reportaje y que había conocido a Nick Spencer. Después, le expliqué en pocas palabras mi relación con Lynn. Le dije que no creía bajo ningún concepto que Nick Spencer hubiera sobrevivido al accidente y estuviera escondido en Suiza, burlándose del mundo.

En ese momento, Carley y Sal se hermanaron.

—Nick Spencer era un príncipe —dijo Sal—. No había nadie mejor que ese hombre. Me gustaría poner las manos encima a todos esos mentirosos que le acusan de ser un estafador. Les ataría los pies con la lengua.

—Estamos de acuerdo —dije—, pero lo que necesito saber, Sal, es cómo estaba Nick cuando subió al avión aquel día. Ya sabes que solo tenía cuarenta y dos años, pero todo lo que descubro sobre él, en especial lo ocurrido durante los últimos meses, parece sugerir que se encontraba sometido a una presión tremenda. Hasta hombres tan jóvenes como él sufren ataques al corazón, que te matan antes de que puedas reaccionar.

—Te escucho, y es posible que sucediera eso. Lo que me vuelve loco es que hablan como si Nick Spencer fuera un piloto aficionado. Era bueno, muy bueno, y listo. Había volado en cantidad de tormentas, y sabía apañárselas... a menos que le alcanzara un rayo, y eso es duro para cualquiera.

—¿Le viste o hablaste con él antes de que despegara?

—Siempre me ocupo yo de su avión. Le vi.

—Sé que Lynn le dejó aquí. ¿La viste?

—La vi. Estaban sentados a la mesa de la cafetería más cercana a los aviones privados. Después, le acompañó hasta el avión.

—¿Les viste en plan afectuoso? —Vacilé, y luego me lancé de cabeza—. Sal, es importante saber cuál era el estado mental de Nick Spencer. Si estaba disgustado o distraído por algo que hubiera ocurrido entre ellos, pudo afectar a su estado físico o su concentración.

Sal desvió la vista. Intuí que estaba sopesando sus palabras, no tanto para ser cauteloso como para ser sincero. Consultó su reloj. El tiempo que me había concedido se agotaba a toda prisa.

—Carley —dijo por fin—, esos dos nunca fueron felices juntos, te lo aseguro.

—¿Observaste algo especial en su comportamiento aquel día? —insistí.

—¿Por qué no hablas con Marge? Es la camarera de la cafetería que les atendió.

—¿Está aquí hoy?

—Trabaja fines de semana largos, de viernes a lunes. Ahora está.

Sal me tomó del brazo y me acompañó hasta la cafetería.

—Esa es Marge —dijo, y señaló a una mujer con aspecto de matrona, adentrada en la sesentena. Llamó su atención y se acercó a nosotros, sonriente.

La sonrisa desapareció cuando Sal le contó el motivo de mi presencia.

—El señor Spencer era un hombre muy bueno —dijo—, y su primera esposa una mujer adorable. Pero la otra era fría como un pez. Aquel día debió disgustarle enormemente. Diré en su favor que se estaba disculpando, pero me di cuenta de que él se había puesto hecho una furia. No oí lo que estaban diciendo, pero era algo acerca de que ella había cambiado de opinión sobre lo de acompañarle hacia Puerto Rico, y él dijo que, de haberlo sabido antes, se habría llevado a Jack. Jack es el hijo del señor Spencer.

—¿Bebieron o comieron algo? —pregunté.

—Ambos tomaron té helado. Escuche, es una suerte que ni ella ni Jack subieran a ese avión. Pero es una pena que el señor Spencer no tuviera tanta suerte.

Di las gracias a Marge y crucé la terminal con Sal.

—Le dio un gran beso delante de todo el mundo cuando se separaron —dijo el hombre—. Había imaginado que el pobre hombre vivía un matrimonio feliz, pero ya has oído lo que acaba de decir Marge. Quizá estaba muy disgustado, y tal vez afectó a su buen juicio. Le puede pasar al mejor piloto. Supongo que nunca lo sabremos.

48

Llegué a Armonk con tiempo de sobra y esperé sentada en el coche a que Ken Page llegara, delante de la casa de Dennis Holden. Después, como un autómata, llamé a Lynn al número de Bedford. Quería preguntarle a bocajarro por qué había convencido a Nick Spencer de que no se llevara a su hijo a Puerto Rico, además de negarse a acompañarle. ¿Alguien le había insinuado que no era una buena idea subir a ese avión?

O no estaba, o prefirió no descolgar el teléfono. Cuando lo pensé, decidí que daba igual. Sería mejor ver con mis propios ojos cómo reaccionaba cuando le hiciera la pregunta. Debido al matrimonio de mi madre con su padre, me había convencido de que fuera su relaciones públicas gratuita. Ella era la viuda desconsolada, la madrastra abandonada, la esposa perpleja de un hombre que había resultado ser un estafador. La verdad era que Nick Spencer le importaba un pimiento, al igual que su hijo, Jack, y era muy probable que estuviera liada con Charles Wallingford desde el primer momento.

Ken aparcó detrás de mí, y nos acercamos juntos a la casa. Era un hermoso edificio de estuco y ladrillo estilo Tudor, embellecido por su entorno. Caros arbustos, árboles en flor y césped aterciopelado daban fe de que Dennis Holden era un ingeniero de éxito, o bien pertenecía a una familia acaudalada.

Ken tocó el timbre, y un hombre de rostro juvenil, cabello castaño muy corto y ojos color avellana abrió la puerta.

—Soy Dennis Holden —dijo—. Entren.

La casa era tan atractiva por dentro como aparentaba desde la calle. Nos guió hasta la sala de estar, donde había dos sofás de un blanco cremoso a cada lado de la chimenea, encarados entre sí. La alfombra antigua constituía una maravillosa amalgama de colores, tonos rojos y azules, dorados y escarlata. Cuando me senté al lado de Ken en uno de los sofás, pasó por mi mente el pensamiento de que Dennis Holden había marchado de esta casa unos meses atrás, convencido de que iba a ingresar por última vez en un pabellón de curas paliativas. ¿Qué sintió cuando volvió a casa? Solo podía imaginar las emociones que bullirían en su interior.

Ken tendió su tarjeta a Holden. Yo busqué la mía en el bolso y se la di también. El hombre las examinó con detenimiento.

—Doctor Page —dijo a Ken—. ¿Tiene consulta propia?

—No. Escribo sobre investigación médica en exclusiva.

Holden se volvió hacia mí.

—Marcia DeCarlo. ¿No escribe también una columna sobre asesoría financiera?

—Sí.

—Mi mujer la lee y le gusta mucho.

—Me alegro.

Miró a Ken.

—Doctor, dijo por teléfono que la señorita DeCarlo y usted están escribiendo un reportaje sobre Nicholas Spencer. En su opinión, ¿continúa vivo, o el hombre que asegura haberle visto en Suiza se equivocó?

Ken me miró, y luego volvió los ojos hacia Holden.

—Carley ha estado entrevistando a la familia de Spencer. ¿Qué le parece si le contesta ella?

Relaté a Holden mi encuentro con los Barlowe y con Jack.

—Por todo lo que sé sobre Nick Spencer, estoy segura de que nunca abandonaría a su hijo. Era un buen hombre, entregado por entero a la búsqueda de una cura para el cáncer.

—En efecto. —Holden se inclinó hacia delante y enlazó los dedos—. Nick no era un hombre capaz de fingir su propia desaparición. Una vez dicho esto, creo que su muerte me libera de una promesa que le hice. Confiaba en que encontraran su cadáver antes de romper la promesa, pero ha transcurrido casi un mes desde que su avión se estrelló, y puede que nunca se recupere.

—¿Cuál fue esa promesa, señor Holden? —preguntó Ken en voz baja.

—Que no revelaría a nadie que me inyectó su vacuna contra el cáncer cuando estaba en el pabellón de curas paliativas.

Ken y yo confiábamos en que Dennis Holden hubiera recibido la vacuna y lo admitiera. Oírlo de sus propios labios fue como precipitarse en el último descenso en picado de las montañas rusas. Ambos le miramos boquiabiertos. El hombre estaba delgado, pero no aparentaba fragilidad. Tenía la piel sonrosada y sana. Comprendí ahora por qué llevaba el pelo tan corto: le estaba creciendo de nuevo.

Holden se levantó, cruzó la sala y levantó una foto enmarcada que estaba boca abajo sobre la repisa de la chimenea. Se la dio a Ken, que la sostuvo entre nosotros.

—Esta es la foto que me tomó mi mujer el día de la última comida que íbamos a compartir en casa.

Demacrado. Esquelético. Calvo. En la foto, Dennis Holden estaba sentado a la mesa, con una débil sonrisa en el rostro. La camisa de cuello abierto colgaba sobre su cuerpo. Tenía las mejillas hundidas, y sus manos parecían transparentes.

—Había bajado a cuarenta kilos —dijo—. Ahora peso sesenta. Padecía cáncer de colon, que me operaron con éxito, pero el cáncer había hecho metástasis. Por todo mi cuerpo. Mis médicos afirmaban que era un milagro que siguiera vivo. Es un milagro, pero lo realizó Dios por mediación de su mensajero Nick Spencer.

Ken no podía apartar sus ojos de la foto.

—¿Sabían sus médicos que había recibido la vacuna?

—No. No tenían motivos para sospecharlo, por supuesto. Solo están asombrados de que no haya muerto. Mi primera reacción a la vacuna fue no morir. Después, empecé a sentirme un poco hambriento, y volví a comer. Nick venía a verme cada pocos días, y llevaba una gráfica de mis progresos. Tengo una copia, y él también. Pero me hizo jurar que guardaría el secreto. Dijo que nunca debía llamarle a su oficina o dejarle mensajes en su teléfono. La doctora Clintworth, del pabellón, sospechaba que Nick me había dado la vacuna, pero yo lo negué. Creo que no me creyó.

—¿Sus médicos le han hecho radiografías o resonancias magnéticas, señor Holden? —preguntó Ken.

—Sí. Lo llaman remisión espontánea, una entre un trillón. Un par de ellos están escribiendo informes médicos sobre mí. Cuando me ha llamado, mi primera reacción ha sido negarme a verle. Pero he leído todos los números del *Wall Street Weekly*. Estoy tan harto de ver que arrastran el nombre de Nick Spencer por el barro, que me parece que ya es hora de hablar. Puede que la vacuna no sirva para todo el mundo, pero me devolvió la vida.

—¿Nos dejará ver las notas que Nick tomó sobre sus progresos?

—Ya he hecho una copia, en caso de que decidiera dárselas. Demuestran que la vacuna atacó las células cancerígenas a base de recubrirlas, para luego asfixiarlas. Células sanas empezaron a crecer de inmediato en esas zonas. Ingresé en el pabellón el 10 de febrero. Nick estaba trabajando de voluntario. Yo había leído todas las investigaciones publicadas sobre el tratamiento del cáncer y los tratamientos en potencia. Sabía quién era Nick y había leído sobre sus investigaciones. Le supliqué que probara la vacuna conmigo. Me inyectó el 12 de febrero, y volví a casa el 20. Dos meses y medio después, estoy curado del cáncer.

Una hora después, cuando estábamos a punto de irnos, se abrió la puerta principal. Una mujer muy guapa y dos adolescentes entraron. Todas tenían un hermoso pelo rojo. Era evidente que se trataba de la esposa y las hijas de Holden, y todas se acercaron a él.

—Hola —dijo, sonriente—. Habéis vuelto temprano. ¿Os habéis quedado sin dinero?

—No, no nos hemos quedado sin dinero —dijo su mujer, al tiempo que le rodeaba el brazo con el suyo—. Solo queríamos asegurarnos de que seguías aquí.

Hablamos mientras Ken me acompañaba al coche.

—Podría ser una remisión espontánea, una entre un trillón —dijo.

—Tú sabes que no.

—Carley, los fármacos y las vacunas actúan de manera diferente en personas diferentes.

—Está curado, es lo único que sé.

—Entonces, ¿por qué fallaron las pruebas de laboratorio?

—No me lo estás preguntando a mí, Ken, sino a ti mismo. Y has llegado a la misma respuesta: alguien quería que la vacuna pareciera un fracaso.

—Sí, he considerado esa posibilidad, y creo que Nicholas Spencer sospechaba que habían manipulado de manera deliberada los ensayos con la vacuna. Eso explicaría las pruebas a ciegas que estaba financiando en Europa. Ya oíste a Holden decir que le hicieron jurar secreto, y que bajo ninguna circunstancia debía telefonear a Nick o dejarle un mensaje en la oficina. No confiaba en nadie.

—Confiaba en Vivian Powers —dije—. Se había enamorado de ella. Creo que no le habló de Holden ni de sus sospechas porque pensaba que sería peligroso para ella saber demasiado, y resulta que estaba en lo cierto. Ken, quiero que vengas conmigo y veas a Vivian Powers con tus propios ojos. Esa chica no está fingiendo, y creo que sé lo que le ha pasado.

El padre de Vivian, Allan Desmond, estaba en la sala de espera de la unidad de cuidados intensivos.

—Jane y yo nos vamos turnando —explicó—. No queremos que Vivian esté sola cuando despierte. Está confusa y asustada, pero va a superarlo.

—¿Ha recuperado la memoria? —pregunté.

—No. Aún cree que tiene dieciséis años. Los médicos nos dicen que tal vez no recupere nunca los últimos doce años. Tendrá que aceptar ese hecho cuando se haya recuperado lo bastante para comprender. Pero lo importante es que está viva y podremos llevárnosla a casa pronto. Eso es lo único que nos interesa.

Expliqué que Ken estaba trabajando conmigo en el reportaje sobre Spencer, y que era médico.

—Es importante que podamos ver a Vivian —dije—. Intentamos averiguar qué le pasó.

—En tal caso, puede verla, doctor Page.

Unos minutos después, una enfermera entró en la sala de espera.

—Está despertando, señor Desmond —dijo.

El padre de Vivian estaba a su lado cuando abrió los ojos.

—Papá —dijo con un hilo de voz.

—Estoy aquí, cariño.

Le cogió la mano.

—Me ha pasado algo, ¿verdad? Tuve un accidente.

—Sí, cariño, pero te pondrás bien.

—¿Mark se encuentra bien?

—Sí.

—Conducía demasiado deprisa. Ya se lo dije.

Sus ojos se cerraron de nuevo. Allan Desmond nos miró.

—Vivian tuvo un accidente de coche cuando tenía dieciséis años —susurró—. Despertó en urgencias.

Ken y yo salimos del hospital y nos encaminamos al aparcamiento.

—¿Conoces a alguien a quien puedas consultar sobre fármacos que alteran la mente? —pregunté.

—Sé adónde vas con esa pregunta, y la respuesta es sí. Carley, hay una batalla entre las empresas farmacéuticas por descubrir medicamentos que curen el Alzheimer y restauren la memoria. La otra cara de esa investigación es que, en el proceso, los laboratorios están aprendiendo mucho más sobre destruir la memoria. No es un secreto muy bien guardado que, desde hace sesenta años, se han utilizado fármacos que alteran la mente para extraer información a espías capturados. Hoy, ese tipo de drogas son infinitamente más sofisticadas. Piensa en las llamadas píldoras violadoras. Son insípidas e inodoras.

Entonces, verbalicé la sospecha que hacía rato se había formado en mi mente.

—Ken, vamos a ver qué te parece esto. Creo que Vivian corrió a casa de su vecina presa del pánico, y hasta tuvo miedo de pedir ayuda por su teléfono. Cogió el coche y la siguieron. Creo que tal vez le administraron drogas que alteran la mente para averiguar si era posible que Nick Spencer hubiera sobrevivido al accidente. En la oficina averigüé que cierto número de personas sospechaban que Nick y ella mantenían una relación sentimental. Quien la raptó tal vez esperaba que, si Nick estaba vivo, contestaría a la llamada telefónica. Como eso no ocurrió, le dieron una droga que borró su memoria reciente y la abandonaron en el coche.

Llegué a casa una hora después, y lo primero que hice fue encender el televisor. Ned Cooper seguía desaparecido. Si había ido a la zona de Boston, tal como se especulaba, tal vez hubiera encontrado un escondite. Daba la impresión de que todas las fuerzas de la ley del estado de Massachusetts le estaban buscando.

Mi madre telefoneó. Parecía preocupada.

—Carley, apenas he hablado contigo durante las dos últimas semanas, y eso no es propio de ti. El pobre Robert casi nunca recibe llamadas de Lynn, pero tú y yo siempre hemos sido uña y carne. ¿Pasa algo?

Montones de cosas, mamá, pensé, pero no entre nosotras. No podía contarle el motivo de mis preocupaciones. La calmé con la excusa de que el reportaje estaba ocupando todo mi tiempo libre, pero casi me atraganté cuando sugirió que Lynn y yo fuéramos juntas a pasar un fin de semana con ellos. Los cuatro lo pasaríamos de maravilla.

Cuando colgué, me preparé té y un bocadillo de mantequilla de cacahuete, los puse en una bandeja y me acomodé ante mi mesa con la intención de trabajar un par de horas. Tenía amontonados los expedientes sobre Spencer, y los recortes de prensa que había estado estudiando en busca de referencias al accidente aéreo estaban diseminados de cualquier manera. Los recogí, los guardé en la carpeta correcta, y después cogí los folletos propagandísticos que me había llevado de Garner Pharmaceuticals.

Decidí que valía la pena examinarlos por si había alguna referencia a Gen-stone. Cuando llegué al que había en mitad del paquete, se me heló la sangre en las venas. Eso era lo que había visto en la oficina de recepción y había quedado grabado en mi inconsciente.

Durante largos minutos, tal vez incluso media hora, estuve sorbiendo la segunda taza de té, sin darme cuenta apenas de que se había enfriado.

La clave de todo lo que había sucedido estaba en mi mano. Era como abrir una caja fuerte y encontrar dentro todo lo que había estado buscando.

O como tener una baraja y ordenar las cartas por palos. Tal vez sea un ejemplo mejor, porque el comodín puede sustituir a cualquier carta en algunos juegos. En la baraja con la que estábamos jugando, Lynn era el comodín, y la carta a la que sustituía iba a afectar tanto a su vida como a la mía.

Cuando volvió al garaje desde la casa de invitados, Ned se sentó en el coche a beber whisky y escuchar de vez en cuando la radio. Le gustaba oír las noticias sobre él, pero por otra parte, no quería gastar la batería del coche. Al cabo de un rato se descubrió cabeceando, y poco a poco se durmió. El ruido de un coche que subía por el camino de servicio y pasaba ante el garaje le despertó con un sobresalto, y cogió el rifle al instante. Si la policía intentaba capturarle, al menos se llevaría a algunos por delante.

Una ventana del garaje daba al camino, pero no pudo ver nada. Había demasiadas sillas amontonadas en medio. Eso estaba bien, pensó, porque significaba que tampoco podían ver el coche desde fuera.

Esperó casi media hora, pero nadie volvió a pasar. Entonces, se le ocurrió algo. Estaba seguro de quién era la persona que había venido: el novio, el tipo que estaba con ella la noche que prendió fuego a la casa.

Ned decidió echar un vistazo y comprobar si tenía razón. Con el rifle sujeto bajo el brazo, abrió sin ruido la puerta lateral y se encaminó hacia la casa de invitados. El sedán oscuro estaba aparcado donde los caseros solían dejar su coche. Todas las persianas de la casa estaban bajadas, excepto la del estudio, aquella por la que había mirado la otra noche. Estaba levantada unos cinco centímetros del antepecho otra vez. Se habrá atascado, decidió. La ventana seguía abierta, de modo que cuando se acuclilló pudo ver la sala de estar, donde Lynn Spencer y el novio se habían sentado anoche.

Allí estaban de nuevo, solo que esta vez había alguien más. Oyó otra voz, una voz de hombre, pero no pudo ver la cara. Si el novio de Lynn Spencer y el otro tipo estaban aquí mañana, cuando Carley DeCarlo apareciera, mala suerte para ellos. Daba igual. Ninguno de ellos merecía vivir.

Mientras se esforzaba por escuchar su conversación, oyó que Annie le decía que volviera al garaje y durmiera un poco.

—Y no bebas más, Ned —dijo.

—Pero...

Ned cerró los labios. Había empezado a hablar en voz alta con Annie, como se había acostumbrado en los últimos tiempos. El hombre que estaba hablando, el novio, no le oyó, pero Lynn Spencer levantó la mano y le dijo que callara.

Sin duda estaba diciendo que creía haber oído algo fuera. Ned corrió a esconderse detrás de los árboles antes de que la puerta principal se abriera. No vio la cara del tipo que salió y miró hacia el lado de la casa, pero era más alto que el novio. Echó una veloz mirada a su alrededor, y luego volvió a entrar. Antes de que cerrara la puerta, Ned le oyó decir:

—Estás loca, Lynn.

No está loca, pensó Ned, pero esta vez mantuvo la boca cerrada hasta que estuvo dentro del garaje. Luego, mientras abría la botella de whisky, se puso a reír. Lo que había empezado a decir a Annie era que no pasaba nada si bebía whisky, siempre que no lo mezclara con la medicina.

—Te olvidas, Annie —dijo—. Siempre te olvidas.

50

El domingo por la mañana me levanté temprano. No podía dormir. No era solo que temiera el momento de encararme con Lynn. También experimentaba la sensación de que algo terrible iba a suceder. Tomé una rápida taza de café, me vestí con pantalones cómodos y un jersey poco grueso, y me fui a la catedral. La misa de ocho estaba a punto de empezar y me deslicé en un banco.

Recé por todas las personas que habían perdido la vida debido a que Ned Cooper había invertido en Gen-stone. Recé por todas las personas que iban a morir porque habían saboteado la vacuna contra el cáncer de Nick Spencer. Recé por Jack Spencer, cuyo padre le había querido tanto, y recé por mi hijito, Patrick. Ahora es un ángel.

No eran ni las nueve cuando los fieles desfilaron hacia la salida. Como aún me sentía inquieta, me acerqué a Central Park. Era una mañana de abril perfecta, y prometía un día lleno de sol y árboles recién florecidos. La gente ya estaba paseando, patinando y pedaleando por el parque. Otros estaban estirados sobre mantas en la hierba, se preparaban para tomar el sol o desayunar.

Pensé en las personas, como las de Greenwood Lake, que la semana pasada estaban vivas y ahora ya no. ¿Tuvieron alguna premonición de que su tiempo se estaba acabando? Mi padre sí. Volvió y besó a mi madre antes de salir a dar su habitual paseo matutino. Nunca lo había hecho.

¿Por qué estaba pensando de esta manera?, me pregunté.

Tenía ganas de que el día pasara como una exhalación, de que el tiempo se disipara hasta la noche, cuando estaría con Casey. Estábamos bien juntos. Los dos lo sabíamos. Entonces, ¿por qué me embargaba esta tremenda tristeza cuando pensaba en él, como si fuéramos en direcciones diferentes, como si nuestros caminos se separaran de nuevo?

Volví a casa, y paré a tomar un café y un bagel. Eso me animó un poco, y cuando vi que Casey había llamado ya dos veces, mis ánimos se elevaron todavía más. Había ido a un partido de los Yankees anoche con un amigo que tenía un palco, de modo que no habíamos hablado.

Le llamé.

—Ya me estaba preocupando —dijo—. Carley, ese tal Cooper sigue suelto, y es peligroso. No olvides que se ha puesto en contacto contigo tres veces.

—Bien, no te preocupes. Estoy alerta. No estará en Bedford, y dudo que esté en Greenwich.

—Estoy de acuerdo. No creo que esté en Bedford. Es más probable que ande buscando a Lynn Spencer en Nueva York. La policía de Greenwich está vigilando la casa de los Barlowe. Si culpa a Nick Spencer del fracaso de la vacuna, quizá esté lo bastante loco para ir a por el hijo de Nick.

La vacuna contra el cáncer no es un fracaso, tuve ganas de decir a Casey, pero no podía, sobre todo por teléfono, en este momento.

—He estado pensando, Carley. Podría acompañarte en coche a Bedford esta tarde y esperarte.

—No —me apresuré a contestar—. No sé cuánto tiempo estaré con Lynn, y deberías llegar a tiempo a la fiesta. Me reuniré contigo allí. Ahora no entraré en detalles, Casey, pero ayer descubrí algunas cosas que derivarán en acusaciones de asesinato, y solo rezo para que Lynn no esté implicada. Si sabe o sospecha algo, es el momento de que hable. He de convencerla de eso.

—Ve con cuidado. —Después, repitió las palabras que había oído de sus labios por primera vez la otra noche—. Te quiero, Carley.

—Yo también —susurré.

Me duché, me lavé el pelo y presté más atención de lo acostumbrado a mi maquillaje. Saqué del ropero un traje pantalón verde claro. Era uno de esos conjuntos con los que siempre me sentía a gusto, y la gente también decía que me quedaba bien. Decidí guardar en el bolso el collar y los pendientes que solía llevar con aquel atuendo. Me parecieron demasiado festivos para la conversación que iba a sostener con mi hermanastra. Los cambié por unos sencillos pendientes de oro.

A las dos menos cuarto subí al coche y me dirigí a Bedford. A las tres menos diez toqué el timbre, y Lynn abrió la cancela. Como había hecho la semana pasada cuando me entrevisté con los caseros, rodeé los restos de la mansión y aparqué delante de la casa de invitados.

Bajé del coche, caminé hacia la puerta y toqué el timbre. Lynn me abrió.

—Pasa, Carley —dijo—. Te estaba esperando.

51

A las dos, Ned estaba apostado detrás de los árboles cercanos a la casa de invitados. A las dos y cuarto, un hombre al que nunca había visto subió andando por el camino de entrada que corría hasta la puerta de servicio. No parecía un policía. Sus ropas eran demasiado caras. Vestía una chaqueta azul oscuro y unos pantalones color tostado, con una camisa sin corbata. Andaba como si creyera que el mundo le pertenecía.

Si estás aquí dentro de una hora, ya no serás dueño de nada, pensó Ned. Se preguntó si era el mismo sujeto que había venido anoche, no el novio, el otro. Podría ser, decidió. Eran más o menos del mismo tamaño.

Hoy, Ned podía ver a Annie otra vez cerca de él. Ella extendió la mano en su dirección. Sabía que pronto estarían juntos para siempre.

—No tardaré mucho, Annie —susurró—. Concédeme un par de horas, ¿de acuerdo?

Le dolía el corazón, en parte porque había terminado la botella de whisky, pero también por la preocupación de que aún no había pensado en cómo iba a llegar al cementerio. No podía conducir el Toyota. La policía lo andaba buscando por todas partes. Y el coche de Lynn Spencer era demasiado llamativo. La gente se fijaría.

Vio que el tipo subía a la casa y llamaba a la puerta. Lynn Spencer la abrió. Ned decidió que debía de ser un vecino que se había acercado a verla. Fuera lo que fuese, o conocía el código de la puerta de servicio, o ella le había abierto desde la casa.

Treinta y cinco minutos después, a las tres menos diez, un coche subió por el camino de entrada y aparcó delante de la casa de invitados.

Ned vio que una joven bajaba del coche. La reconoció al instante: era Carley DeCarlo. Había llegado con puntualidad, tal vez incluso un poco temprano. Todo estaba sucediendo tal como había planeado.

Solo que el tipo nuevo estaba dentro. Mala suerte.

DeCarlo iba vestida como para una fiesta, pensó Ned. Llevaba un traje bonito, del tipo que le habría gustado comprar a Annie.

DeCarlo podía permitirse ropa como esa. Pero era una de ellos, por supuesto, los estafadores que se quedaban con el dinero de todo el mundo, partían el corazón de Annie y luego decían al mundo: «Yo no tuve nada que ver con eso. Yo también soy una víctima».

¡Pues claro que sí! Por eso te presentas con un Acura verde oscuro de aspecto deportivo, y vestida con un traje que debe costar un ojo de la cara.

Annie siempre había dicho que, si pudiera comprarse un coche nuevo, lo querría verde oscuro.

—Piénsalo, Ned. Negro es un poco siniestro, y muchos coches azul oscuro parecen negros, así que ¿dónde está la diferencia? Pero verde oscuro... Tiene clase, y al mismo tiempo fuerza. Cuando ganes la lotería, Ned, sal a comprarme un coche verde oscuro.

—Annie, cariño, nunca te compré uno, pero hoy iré a reunirme contigo en un coche verde oscuro —dijo Ned—. ¿De acuerdo?

—Oh, Ned.

La oyó reír. Estaba muy cerca. Sintió su beso. Sintió que le masajeaba la nuca, como hacía cuando estaba tenso por algo, como pelearse con alguien en el trabajo.

Había dejado el rifle apoyado contra un árbol. Lo recuperó y empezó a calcular la mejor manera de proceder. Quería entrar en la casa. Así, habría menos posibilidades de que los disparos se oyeran desde la carretera.

Se puso a cuatro patas y gateó junto a los árboles hasta llegar a la parte lateral de la casa, bajo la ventana de la sala de televisión. La puerta que conducía a la sala de estar estaba casi cerrada, así que no podía ver el interior. Pero vio al tipo que acababa de llegar. Estaba en la sala de la televisión, de pie detrás de la puerta.

—No creo que Carley DeCarlo sepa que está aquí —dijo Annie—. Me pregunto por qué.

—¿Por qué no lo averiguamos? —sugirió Ned—. Tengo la llave de la puerta de la cocina. Vamos a entrar.

Lynn es una mujer muy guapa. Por lo general llevaba el pelo recogido en un moño en la nuca, pero hoy se había permitido que
delgados mechones cayeran alrededor de su cara, pinceladas de
rubio dorado que suavizaban la frialdad de sus ojos azul cobal-
to. Vestía pantalones de seda de color blanco a medida y una
blusa de seda blanca. No compartía mi preocupación por exhi-
bir un aspecto demasiado festivo para nuestra seria conversación
de hoy. Sus joyas incluían un collar de oro delgado salpicado de
diamantes, pendientes de oro y diamantes, y el solitario de diamantes que había llamado mi atención en la asamblea de accionistas.

La felicité por su apariencia, y dijo algo acerca de que más tarde iba a tomar unas copas a casa de un vecino. La seguí hasta la
sala de estar. Había estado en esta habitación la semana pasada,
pero no tenía la intención de revelarlo. Estaba segura de que mi
visita a Manuel y Rosa Gómez no le sentaría bien.

Se sentó en el sofá, se reclinó lo justo para sugerir que esto iba
a ser un relajado intercambio social, lo cual me informaba de que
yo lo iba a pasar mal. No deseaba beber nada, ni siquiera agua,
pero el fracaso de su hospitalidad era, pensé, mi mensaje: solo deseaba soltar mi discurso y largarme.

Tu turno, pensé, y respiré hondo.

—Lynn, esto no va a ser fácil, y con franqueza, el único motivo de que haya venido para intentar ayudarte es que mi madre
está casada con tu padre.

Sus ojos se clavaron en mí, y asintió. Estamos de acuerdo, pensé, y continué.

—Sé que no nos caemos muy bien, y lo asumo, pero utilizaste nuestra relación familiar, si se puede llamar así, para convertirme en tu portavoz. Eras la desconsolada viuda que no tenía ni idea de lo que su marido estaba tramando, eras la madrastra que anhelaba el cariño de tu hijastro. No tenías trabajo, ni amigos, estabas destrozada. Todo era mentira, ¿verdad?

—¿Sí, Carley? —preguntó cortésmente.

—Creo que sí. Te importaba un bledo Nick Spencer. Lo único sincero que dijiste fue que se casó contigo porque te parecías a su primera mujer. Creo que eso es cierto. Pero he venido a advertirte, Lynn. Habrá una investigación sobre por qué la vacuna empezó de repente a tener problemas. Sé que la vacuna funciona. Ayer vi la prueba viviente. Vi a un hombre que, hace tres meses, se hallaba a las puertas de la muerte y ahora está curado de su cáncer al cien por cien.

—Estás mintiendo —replicó con brusquedad.

—No, pero no he venido a hablar de ese hombre. He venido para decirte que sabemos que Vivian Powers fue secuestrada, y que probablemente le administraron una droga que altera la mente.

—¡Eso es ridículo!

—No, no lo es, ni tampoco el hecho de que robaran las notas del padre de Nick al doctor Broderick, que las guardaba para Nick. Estoy muy segura de saber quién las cogió. Ayer encontré su foto en la sede central de Garner Pharmaceuticals. Fue Lowell Drexel.

—¿Lowell?

Su voz adquirió un tono nervioso.

—El doctor Broderick dijo que un hombre de pelo castaño rojizo robó los expedientes. Supongo que se lo tiñó tan bien que no se dio cuenta. La foto fue tomada el año pasado, antes de que Drexel dejara de teñírselo. Tengo la intención de llamar a los investigadores y hablarles de ello. El doctor Broderick fue atropellado por alguien que se dio a la fuga, y puede que no fuera un accidente. Yo, al menos, creo que no. Se está recuperando, y le enseñarán esa foto. Si identifica a Drexel, o mejor aún, cuando le identifique, lo siguiente que harán los investigadores será empezar a husmear en el accidente de avión. Te oyeron discutir con Nick en la cafetería del aeropuerto justo antes de que despegara. La camarera le oyó preguntarte por qué habías cambiado de idea en el último momento y no le acompañabas en el vuelo. Será mejor que tengas algunas respuestas preparadas cuando la policía vaya a verte.

Lynn ya estaba visiblemente nerviosa.

—Confiaba en arreglar nuestro matrimonio, por eso dije que iría con él al principio. Se lo dije a Nick, y le pedí que se llevara a Jack en otro viaje. Accedió, pero de mala gana. Después, se mostró brusco conmigo todo el viernes, de modo que cuando salimos hacia el aeropuerto, decidí dejar mi maleta en casa. Esperé a subir al coche para decírselo, y por eso estalló. No se me ocurrió que habría podido ir a buscar a Jack en el último minuto para llevárselo.

—Una historia muy poco convincente —dije—. Estoy intentando ayudarte, pero me lo pones difícil. ¿Sabes qué será lo próximo con lo que empezarán a especular? Yo te lo diré. Empezarán a preguntarse si añadiste algo a la bebida de Nick en la cafetería. Yo también empiezo a preguntármelo.

—¡Eso es ridículo!

—En ese caso, empieza a pensar en la gravedad de tu situación. Los investigadores se han estado concentrando en Nick, y hasta el momento has tenido la buena suerte de que no hayan encontrado su cadáver. En cuanto corra la voz sobre la vacuna y cambien el curso de la investigación, no te arriendo la ganancia. Por lo tanto, si sabes algo sobre lo que estaba pasando en el laboratorio, o si te advirtieron de que no subieras a ese avión con Nick, será mejor que hables ya y llegues a un trato con el fiscal.

—Yo quería mucho a mi marido, Carley. Quería arreglar nuestro matrimonio. Te estás inventando todo esto.

—No. Ese lunático de Ned Cooper, que acaba de matar a toda esa gente, fue quien ocasionó el incendio de aquí. Estoy segura. Vio a alguien salir de la casa aquella noche. Me envió correos electrónicos sobre eso, que he entregado a la policía. Creo que estás liada con Wallingford, y que cuando eso se sepa, tu coartada no valdrá nada.

—¿Crees que estoy liada con Charles? —Se puso a reír, un sonido nervioso, estridente, carente de alegría—. Pensaba que eras más sagaz, Carley. Charles no es nada más que un estafador de poca monta que roba a su propia empresa. Ya lo hizo antes, por eso sus hijos no le dirigen la palabra, y empezó a hacerlo en Genstone cuando se dio cuenta de que Nick estaba pidiendo préstamos con la garantía de sus acciones. Decidió echarse una mano a base de saquear la división de suministros médicos.

La miré fijamente.

—¡Dejabais robar a Wallingford! ¿Sabíais que robaba y no hicisteis nada?

—No era problema de ella, Carley —dijo una profunda voz masculina.

La voz sonó detrás de mí. Lancé una exclamación ahogada y pegué un bote. Lowell Drexel había aparecido en el umbral. Empuñaba una pistola.

—Siéntate, Carley.

Su voz era serena, desprovista de la menor emoción.

Mis rodillas flaquearon de repente cuando me hundí en la butaca y miré a Lynn en busca de alguna explicación.

—Confiaba en que no llegaríamos tan lejos, Carley —dijo Lynn—. Lo siento mucho, pero...

De pronto, miró hacia el fondo de la sala, y la expresión desdeñosa de un momento antes se transformó en otra de puro horror.

Volví la cabeza al instante. Ned Cooper se hallaba en el comedor, con el pelo revuelto, la cara cubierta de una barba de varios días, las ropas manchadas y arrugadas, los ojos desorbitados y las pupilas dilatadas. Sostenía un rifle, y mientras yo miraba, lo alzó y apretó el gatillo.

El sonido penetrante, el olor acre del humo, el grito aterrorizado de Lynn y el golpe sordo del cuerpo de Drexel cuando cayó al suelo hirieron mis sentidos. *¡Tres!* Solo podía pensar en eso. Tres en Greenwood Lake; tres en esta habitación. ¡Voy a morir!

—Por favor —estaba gimiendo Lynn—. Por favor.

—No. ¿Por qué ha de vivir? —preguntó Ned—. He estado escuchando. Está sucia.

Apuntó el rifle otra vez. Sepulté la cara entre las manos.

—Por f...

Oí la explosión de nuevo, olí el humo y supe que Lynn estaba muerta. Había llegado mi turno. Ahora va a matarme, me dije, y esperé el impacto de la bala.

—Levántate. —Estaba sacudiendo mi hombro—. Venga. Vamos a subir a tu coche. Eres una chica afortunada. Vas a vivir otra media hora o así.

Me puse en pie, tambaleante. Fui incapaz de mirar al sofá. No quería ver el cadáver de Lynn.

—No te olvides de tu bolso —dijo con una calma estremecedora.

Estaba en el suelo, al lado de la butaca que yo había ocupado. Me agaché y lo recogí. Entonces, Cooper me agarró del brazo y me empujó en dirección a la cocina.

—Abre la puerta, Carley —me conminó.

La cerró a nuestras espaldas y me empujó hacia el asiento del conductor de mi coche.

—Sube. Tú conduces.

Daba la impresión de saber que no había cerrado el coche con llave. ¿Me habría estado esperando?, me pregunté. Oh, Dios, ¿por qué había venido? ¿Por qué no me había tomado en serio sus amenazas?

Dio la vuelta al coche, sin apartar los ojos de mí, el rifle a punto. Subió al asiento del copiloto.

—Abre tu bolso y saca las llaves.

Manoteé con el cierre. Tenía los dedos entumecidos. Todo mi cuerpo temblaba tanto que, cuando abrí el bolso y saqué las llaves, me costó mucho introducir la llave de contacto.

—Baja por este camino. El código de la puerta es 2808. Tecléalo cuando lleguemos. Cuando la puerta se abra, gira a la derecha. Si hay policías en los alrededores, no intentes nada.

—No lo haré —susurré. Apenas pude formar las palabras.

Se agachó para que su cabeza no se viera desde la calle, pero cuando la cancela se abrió y salí, no había coches en la carretera.

—Gira a la izquierda en la curva.

Cuando pasamos ante los restos carbonizados de la mansión, vi que un coche de la policía pasaba poco a poco por delante. Seguí con la vista clavada en el frente. Sabía que Ned Cooper hablaba en serio: si se acercaban a nosotros, les mataría a ellos y a mí.

Cooper seguía derrumbado en el asiento, con el rifle entre las piernas, y solo hablaba para guiar mis movimientos.

—Gira a la derecha. Gira a la izquierda aquí. —Después añadió, con un tono de voz muy diferente—: Se acabó, Annie. Ya voy. Supongo que estarás contenta, cariño.

«Annie.» Su esposa muerta, pensé. Estaba hablando con ella como si estuviera en el coche. Tal vez si intentaba hablarle de ella, si se daba cuenta de que sentía pena por ambos, tendría una oportunidad. Quizá no me mataría. Quería vivir. Quería un futuro con Casey. Quería otro hijo.

—Gira a la izquierda aquí, y luego sigue recto un rato.

Estaba evitando las carreteras principales, los lugares donde era más probable que la policía le buscara.

—Muy bien, Ned —contesté. Mi voz temblaba tanto que tuve que morderme el labio para controlarla—. Ayer, en la televisión, salió gente que hablaba de Annie. Todo el mundo decía que la quería.

—No contestaste a su carta.

—Ned, si a veces muchas personas me hacen la misma pregunta, contesto a la carta, pero no utilizo un nombre concreto, porque eso no sería justo con las demás. Apuesto a que contesté a la pregunta de Annie aunque no utilizara su nombre.

—No lo sé.

—Ned, yo también compré acciones de Gen-stone y perdí dinero, como tú. Por eso estoy escribiendo un reportaje para la revista, para que todo el mundo se entere de que personas como nosotros fueron engañadas. Sé que tenías muchas ganas de comprarle una casa grande a Annie. El dinero que utilicé para comprar las acciones era el dinero que había estado ahorrando para un piso. Vivo en uno, de alquiler, muy pequeño, como el que ocupabas tú.

¿Me estaba escuchando?, me pregunté. No podía afirmarlo.

Mi móvil sonó. Estaba en el bolso, que todavía descansaba sobre mi regazo.

—¿Esperabas una llamada?

—Debe de ser mi novio. Me he citado con él.

—Contesta. Dile que llegarás tarde.

Era Casey.

—¿Todo bien, Carley?

—Sí. Ya te contaré.

—¿Cuánto tardarás en llegar?

—Unos veinte minutos.

—¿Veinte minutos?

—Acabo de empezar. —¿Cómo podía comunicarle que necesitaba ayuda?—. Dile a todo el mundo que voy hacia ahí. Me alegra la perspectiva de ver a Patrick pronto.

Cooper me arrebató el teléfono. Oprimió el botón de cerrar y lo tiró en el asiento.

—Pronto verás a Annie, no a Patrick.

—¿Adónde vamos, Ned?

—Al cementerio. Para estar con Annie.

—¿Dónde está el cementerio, Ned?

—En Yonkers.

Yonkers se encontraba a menos de diez minutos en coche de donde estábamos.

¿Habría comprendido Casey que le necesitaba?, me pregunté. ¿Llamaría a la policía y diría que buscaran mi coche? Pero aunque lo vieran y nos siguieran, solo significaría que algunos también morirían.

Ahora estaba segura de que Ned planeaba matarse en el cementerio, después de asesinarme. La única esperanza de sobrevivir era que decidiera perdonarme la vida. Para conseguirlo, tenía que despertar su compasión.

—Ned, creo que es una vergüenza todo lo que dijeron sobre ti ayer en la televisión. No era justo.

—¿Oyes eso, Annie? Ella también cree que no es justo. No saben qué significó para ti perder tu casa, todo porque yo me tragué sus mentiras. No saben qué significó para mí verte morir cuando el camión de la basura arrolló tu coche. No saben que esa gente con la que siempre eras tan amable no querían que supieras que yo les iba a vender la casa. No les caía bien, querían que los dos nos fuéramos.

—Me gustaría escribir sobre todo eso, Ned —dije. Intenté que no sonara como si estuviera suplicando. No fue fácil.

Cruzamos Yonkers. Había mucho tráfico, y Cooper se agachó en el asiento.

—Me gustaría escribir sobre los bonitos jardines de Annie, que plantaba uno nuevo cada año —continué.

—Sigue recto. Casi hemos llegado.

—Y contaré a todo el mundo que los pacientes del hospital la querían. Escribiré sobre lo mucho que ella te amaba.

El tráfico había disminuido. A la derecha, siguiendo la manzana, vi el cementerio.

—Lo titularé «Historia de Annie», Ned.

—Gira por esa carretera de tierra. Atraviesa el cementerio. Ya te avisaré cuando tengas que parar.

No percibí la menor emoción en su voz.

—Annie —dije—, sé que puedes oírme. ¿Por qué no le dices a Ned que es mejor que estéis juntos a solas, y que yo debería ir a casa y escribir sobre ti y contar a todo el mundo lo mucho que tú y Ned os queríais? No desearás tenerme en medio cuando por fin te abraces con Ned, ¿verdad?

Tuve la impresión de que él no me escuchaba.

—Para y sal del coche —ordenó.

Ned me obligó a caminar delante de él hasta la tumba de su mujer, que estaba recién excavada y aún cubierta de barro. La tierra había empezado a aposentarse, y se había formado una depresión en medio.

—Creo que la tumba de Annie debería tener una bonita losa,

con flores talladas alrededor de su nombre —dije—. Lo haré en su memoria, Ned.

—Siéntate. Aquí —dijo, y señaló un espacio situado a unos dos metros del pie de la tumba.

Se sentó sobre la tumba, apuntándome con el rifle. Se quitó el zapato y el calcetín derechos con la mano izquierda.

—Date la vuelta —dijo.

—Ned, te prometo que Annie quiere estar a solas contigo.

—He dicho que te des la vuelta.

Iba a matarme. Intenté rezar, pero solo pude susurrar las palabras que Lynn había intentado pronunciar al morir.

—Por favor...

—¿Qué opinas, Annie? —preguntó Ned—. ¿Qué debo hacer? Dímelo tú.

—Por favor.

Estaba demasiado paralizada de terror para mover los labios. A lo lejos, oí el chillido de las sirenas que se acercaban por la carretera. Demasiado tarde, pensé. Demasiado tarde.

—De acuerdo, Annie. Lo haremos a tu manera.

Oí el chasquido del rifle y la oscuridad me rodeó.

Recuerdo a un policía diciendo: «Está en estado de shock», y haber visto el cadáver de Ned tendido sobre la tumba de Annie. Después, creo que perdí el sentido de nuevo.

Cuando desperté, estaba en el hospital. No me había disparado. Sabía que estaba viva, que Annie había dicho a Ned que no me matara.

Yo diría que estaba muy sedada, porque me dormí de nuevo. Cuando desperté, oí decir a alguien: «Ella está aquí, doctor». Dos segundos después, estaba rodeada por los brazos de Casey, y fue entonces cuando comprendí que me encontraba por fin a salvo.

EPÍLOGO

Cuando fue confrontado con lo que Lynn había admitido ante mí antes de morir, Charles Wallingford se apresuró a colaborar con los investigadores. Admitió que había robado todo el dinero desaparecido, excepto el que Nick había pedido prestado con la garantía de su paquete de acciones. El robo era su recompensa por colaborar en la estratagema para hundir Gen-stone en la bancarrota. La declaración más asombrosa de Charles fue que Adrian Garner, el multimillonario propietario de Garner Pharmaceuticals, había tramado todo el plan y dirigido cada paso de los acontecimientos.

Fue Garner quien había recomendado a la doctora Kendall como ayudante del doctor Celtavini, enviándola de manera deliberada para sabotear los experimentos.

Garner era también el amante de Lynn y el hombre al que Ned Cooper vio en el camino de entrada la noche que prendió fuego a la casa. Después de que ardiera la mansión, Lynn despidió a los caseros con el fin de continuar viéndose con Garner sin que nadie lo supiera.

Cuando Garner descubrió que la vacuna contra el cáncer funcionaba, no se contentó solo con distribuirla. Quería también que fuera de su propiedad. Cuando la vacuna pareció un fracaso y Gen-stone fue a la bancarrota, pensó en comprar la patente de la vacuna por una cifra irrisoria. Entonces Garner Pharmaceuticals sería la propietaria de una vacuna muy prometedora y que a la larga resultaría muy lucrativa.

La equivocación había consistido en que Lowell Drexel fuera a recoger las notas del doctor Spencer en persona. Habían pinchado el teléfono de Vivian Powers. Cuando me dejó un mensaje diciendo que sabía la identidad de la persona que se había llevado las notas, la raptaron y drogaron para impedir que relacionara a Drexel, ahora de pelo gris, con el hombre que el doctor Broderick había descrito.

Garner dio a Lynn la tableta que ella había puesto en el té helado que Nick había bebido en la cafetería del aeropuerto. Era un fármaco nuevo, que no provocaba efectos durante horas, y cuando lo hacía, atacaba a la víctima sin previo aviso. Nick Spencer no tuvo la menor oportunidad de sobrevivir.

Desde entonces, Garner ha sido acusado de otro asesinato. Otra empresa farmacéutica importante había intentado absorber a Gen-stone en un intercambio de acciones. Los inversores, que al principio se consideraban estafados, cuentan ahora con un paquete de acciones que vale casi toda su inversión, pero algún día valdrá mucho más si la vacuna continúa siendo un éxito sin graves complicaciones.

Tal como sospechaba, la sobrina de la doctora Kendall era la que había interceptado la carta de Caroline Summers, en la cual hablaba de la curación de su hija, afectada de esclerosis múltiple. Cuando aterrizó en el escritorio de Adrian Garner, ordenó a Drexel que fuera a recuperar las notas del doctor Spencer, en poder del doctor Broderick. Ahora, la nueva compañía farmacéutica está reclutando a los mejores microbiólogos de todo el mundo para que estudien esas notas y traten de descubrir qué combinación de fármacos ha facilitado esa asombrosa cura.

Aún me cuesta creer que Lynn no solo contribuyera al asesinato de su marido, sino que también fuera a permitir que Lowell Drexel me asesinara aquel terrible día en la casa de invitados. El padre de Lynn se ha visto obligado a soportar no solo su muerte, sino también el ataque y la humillación de los medios. Mi madre ha hecho lo imposible por ayudarle, pero no ha sido fácil. Al tiempo que le compadece, ha de luchar con la idea de lo que me habría hecho Lynn para evitar que yo contara la verdadera historia.

Casey comprendió lo que intentaba decirle cuando estaba en el coche con Ned y se puso en contacto con la policía. Habían estado vigilando el cementerio. Siempre habían pensado que Ned volvería allí. Cuando explicó que Patrick era mi hijo muerto, y enterados de que Ned acudía con frecuencia a la tumba de Annie, corrieron hacia el lugar sin más dilación.

Hoy es 15 de junio. Se ha celebrado un funeral en memoria de Nick Spencer esta tarde, y Casey y yo hemos asistido. Los empleados y accionistas de Gen-stone, los mismos que habían denunciado a voz en grito a Spencer, se mostraron muy respetuosos y atentos cuando se rindió tributo a su dedicación y su genio.

Dennis Holden electrizó a las masas cuando habló. La foto de él, demacrado y a las puertas de la muerte, la misma que nos había enseñado a Ken Page y a mí, se proyectó en una pantalla gigante.

—Estoy aquí porque Nick Spencer se arriesgó y me inyectó su vacuna —dijo.

El hijo de Nick, Jack, fue el último en rendirle homenaje.

—Mi padre fue un gran padre —empezó. Las lágrimas empañaron los ojos de todo el mundo cuando continuó—. Me prometió que, si estaba en su mano, ningún niño volvería a perder a su madre a causa del cáncer.

No cabe duda de que es el digno hijo de un padre espléndido. Vi que Jack se sentaba entre sus abuelos. Yo sabía que, teniendo en cuenta todo lo sucedido, gozaba de la suerte de que gente como ellos iban a cuidar de él.

Después, se produjo un alboroto cuando Vince Alcott dijo:

—Se cree que Nicholas Spencer administró su vacuna contra el cáncer a otra persona. Ella está con nosotros ahora.

Marty y Rhoda Bikorsky subieron al estrado, con su hija Maggie entre ellos. Rhoda fue la que avanzó hacia el micrófono.

—Conocí a Nicholas Spencer en el pabellón de curas paliativas de St. Ann —dijo, al tiempo que reprimía las lágrimas—. Fui a visitar a un amigo. Había oído hablar de la vacuna. Mi hijita se estaba muriendo. Le supliqué que se la administrara. Llevé a mi hija al hospital el día antes del accidente. Ni siquiera mi marido se enteró. Cuando supe que la medicina era inútil, tuve miedo de perderla aún antes de lo previsto. Eso fue hace dos meses. Desde entonces, el tumor cerebral de Maggie ha ido empequeñeciendo día a día. Aún no sabemos cuál será el resultado final, pero Nick Spencer nos ha dado mucha esperanza.

Marty levantó a Maggie para que el público pudiera verla. La niña, tan frágil y pálida cuando yo la había visto por primera vez, seis semanas antes, tenía ahora color en sus mejillas y estaba aumentando de peso.

—Nos prometieron que estaría con nosotros hasta Navidad —dijo Marty—. Ahora empezamos a creer que la veremos hacerse mayor.

Mientras la gente salía del funeral, oí que alguien repetía las palabras de la madre de Maggie.

—Nick Spencer nos ha dado mucha esperanza.

Como epitafio, no estaba nada mal, pensé.